無職轉生

到了異世界就拿出真本事

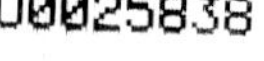

魯迪烏斯
佩爾基烏斯
七星
人物介紹

阿托菲拉托菲
希瓦莉爾
奇希莉卡

「我就是不死魔王阿托菲拉托菲・雷白克！」

無職轉生 ⑭

到了異世界就拿出真本事

理不尽な孫の手
Rifujin na Magonote

插畫：シロタカ

Kadokawa Fantastic Novels

無職轉生～到了異世界就拿出真本事～⑭

CONTENTS

第十四章 青少年期 召喚篇

「我沒有在努力？是因為你的目標在其他地方，才會這麼認為。」

It's because I'm looking for the place where I should aim at an unemployed one.

著：魯迪烏斯・格雷拉特
譯：金恩・RF・馬格特

第十四章

青少年期 召喚篇

第一話「空中要塞」

從魔法都市夏利亞朝著北方徒步半天，搭乘馬車不到一小時就能抵達的場所。

那裡有一座遺跡，從痕跡可以看出曾是古老要塞。

地面上散落著曾為石板的瓦礫痕跡，粗壯的石柱橫倒在地。給人的感覺宛如再稍微崩塌一點的帕德嫩神廟。然而毋庸置疑的是，這裡過去肯定也是宏偉的建築物。

是一座可以讓人感受到歷史的遺跡。

「是思柯特要塞的痕跡呢。這裡是拉普拉斯戰役時由人族一手建造，據說當時有數千名人族在此抵禦魔族的入侵。然而最後依舊力有未逮，遭到攻陷……」

在我身旁這樣說明的，是編著一頭漂亮金髮的女性。

清秀亮麗的外表，配上昂貴的旅行打扮，就算遠遠一看，也能感覺到其領袖魅力的絕世美少女。

她正是愛麗兒・阿涅摩伊・阿斯拉。

「……」

她這番話該不會是說給我聽的吧？我這麼想著並環視四周。

在我後方不遠處有路克和希露菲。再往後是洛琪希、札諾巴、克里夫以及艾莉娜麗潔等四人跟在後面。七星則是在我前面。

愛麗兒的視線投射在我身上，我倆之間沒有其他人。

看樣子她的確是在向我搭話不會錯。雖說我前陣子也和拉諾亞貴族一起旅行了一段時日，但是鮮少有跟她交談的機會，讓我不免錯愕。

「愛麗兒大人，您知道得真清楚呢。」

我這樣回答後，愛麗兒淺淺地露出一抹溫柔的微笑。

「因為這個場所經常會在這一帶的民謠裡登場。」

「您對民謠感興趣嗎？」

「為了要和這一帶的貴族打好關係，像這種事也是有其必要。」

愛麗兒用裝模作樣的表情回答。看來想和貴族打好關係，甚至還必須熟記以前的傳說。

真是辛苦她了。

「但是從這種地方，真的可以抵達佩爾基烏斯大人的所在地嗎？」

「這個嘛，我不清楚該如何移動，不過……」

我把視線轉向走在前面的七星，儘管揹著巨大背包的她因為地上的瓦礫舉步維艱，卻依舊目不轉睛地盯著前方筆直前進。

雖說我們照她的要求跟了過來，但她真的打算從這裡移動過去嗎？

我記得在那本轉移魔法陣的筆記裡面，應該沒有記載這個地方才對……

還是說，轉移魔法陣確實存在於這裡的某處，只是沒有寫在筆記本上。

「就我個人來說，反而比較擔心這麼浩浩蕩蕩地前去拜訪，會不會讓對方感到困擾。」

說完這句話後，愛麗兒莞爾一笑。

「魯迪烏斯先生擔心的地方真是奇怪。對方好歹也是被冠以『王』之稱號的英雄喔。我想不會因這點人數就感到困擾才是。」

「是這樣嗎……」

我快速地掃過前後兩邊，確認整個隊列。

有七星、我、愛麗兒、希露菲、路克、洛琪希、札諾巴、克里夫還有艾莉娜麗潔。

總共九人。儘管我認為這已算大陣仗，但在王族看來似乎並非如此。

也是，畢竟王族的客人應該會以十人為單位來計算，訪客人數不過還是個位數，應該綽有餘裕吧。

順便說一下，諾倫因為在學校有很多事情要做，婉拒我們的邀約。

說不定她是考慮到自己才剛說學生會和劍術都會努力，所以才這麼決定。

算了，要是真把她一起帶來，勢必連愛夏也得一起同行。這樣一來人數就會攀上雙位數，也稱得上是大陣仗了。帶上這麼多人去見個不太熟悉的對象，實在過意不去。

「佩爾基烏斯大人雖然過著隱居生活，但在拉普拉斯戰役之後曾暫時住過阿斯拉王國，據說擁有和阿斯拉王對等的立場。還曾經帶著數十百名隨從造訪阿斯拉王宮，我想會這麼做的大人物，應該不會因為區區九名訪客而感到困擾。」

「是這樣嗎？」

不過話又說回來，愛麗兒的聲音實在非常療癒。

突然不請自來拜訪別人，肯定會讓人覺得困擾。但是聽愛麗兒這麼說，感覺好像就真的沒問題似的，真傷腦筋。這是具有魔性的聲音。

「……如果他厭倦王宮的生活，或許也會討厭客人拜訪。」

「假使他真的討厭，七星小姐也不會允許我同行才是。」

「我想七星應該沒怎麼思考過那種事啦。」

我這麼說著，回想起愛麗兒之所以會出現在這裡的理由。

當七星提到佩爾基烏斯這個名字的時候，我興奮得都忘記自己已經一把年紀。

「甲龍王」佩爾基烏斯。

連我也知道這個名字。剛來到這個世界時，我就在書上看過這個大名。

他是四百年前的拉普拉斯戰役的英雄。據書上描述，他操控著十二名使魔，重建古時的空中要塞，並與好幾名同伴一起挑戰拉普拉斯。在封印拉普拉斯後，為了讚揚他的功績，便將現在這個世上的曆法冠上了「甲龍曆」之名。

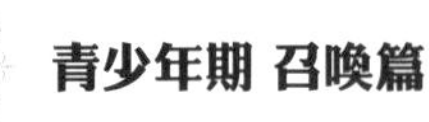

然而「甲龍王」佩爾基烏斯並未作為一名國王君臨一方統治國家。他離開了王宮，至今仍坐鎮在空中要塞 Chaos Breaker，周遊全世界的天空之中。

能和這樣的人物碰面，當然會興奮不已。

不管怎麼說，這可是能去浮游在空中的那個城堡。可以前往拉○達啊！（註：影射電影《天空之城》）

養育孩子和投入研究確實讓我忙得兩頭燒。但我還是想去。純粹就是想去一次。對不起，露西。爸爸敗給了好奇心。不過我一定會帶伴手禮回去。在這樣的心情驅使下，我決定跟著七星一同前往。

然而希露菲和在內心糾結是否該自私一點的我正好相反。

她向七星提出了這樣的要求。

「可以帶愛麗兒大人一起去嗎？」

「愛麗兒嗎？」

聽到這個請求，七星露出了為難的表情。

之前愛麗兒勸誘過她好幾次。因為七星在阿斯拉王國和拉諾亞王國之間擁有自己龐大的溝通渠道，愛麗兒自然會想把她拉攏為同伴。

不過基本上，七星並不想和這個世界有太多牽扯。

所以她總是看起來很不耐煩，實際上也的確如此。

「對，雖然佩爾基烏斯大人已經隱居了一段很長的時間，但據說他如今在阿斯拉王宮依舊是舉足輕重的人物。所以愛麗兒大人，那個……考慮到今後的狀況，我想她應該會想和這樣的人物見上一面。」

愛麗兒至今已經向各方人士打好關係。

這是為了在今後將阿斯拉王國的王位納入手中。

不過，就算像這樣做了好幾年的準備，順利拿下王位的機率也不過一半一半，看來會是一場相當嚴峻的戰鬥。

事實上，我也不知道愛麗兒過了一年畢業之後有何打算。是還不打算展開行動繼續儲備力量，還是說要馬上回到王都，決一死戰嗎？

如果要立刻開戰的話，我姑且也打算出手相助……坦白講，我不但結婚又有了小孩，就算要幫忙，也希望能在盡可能不要危害到家人的前提下進行啦～目前的心情就像這樣搖擺不定。

算了，我的心情姑且不論，這次的提案算是打好人脈的一環吧。

在爭奪王位的這場戰爭，關係可說至關重要。「甲龍王」佩爾基烏斯是連阿斯拉王國也另眼相待的英雄，只要能將他拉攏為後盾，這樣一來在這場阿斯拉王國的王位爭奪戰中，愛麗兒肯定會比之前預想的還要輕鬆許多。

「算了，反正我也受了妳不少關照，好吧，我可以帶她一起去。」

原本以為七星會拒絕明顯另有所圖的愛麗兒，想不到她居然爽快答應。

我後來才聽說我不在的這段期間，七星好像受了希露菲不少照顧。

像是把料理分給她，幫忙採購衣物，或是在她生病時為她解毒等等。

雖說生了小孩之後她就變得不常來家裡，但聽說好像還是經常會來泡澡。

「真的？謝謝妳。愛麗兒大人肯定會很高興……」

希露菲用力握拳，笑得喜出望外。

如此這般，愛麗兒和路克也加入了我們的行列。

聽希露菲說，愛麗兒好像難得如此雀躍。

看來只要得知能見到知名人士，就算貴為公主殿下，反應也和常人別無二致。

畢竟我也很興奮嘛。該怎麼說呢，那可是貨真價實的英雄，是出現在書上的人物耶。

真期待佩爾基烏斯是什麼樣的人。希望不要難以親近才好……

啊……話說起來，我這才想到。

很久以前，我有一次曾經見過佩爾基烏斯的部下。是在轉移事件的前一刻。

光輝的阿爾曼菲。

這麼自稱的男子好像將我視為轉移事件的主謀，突然襲擊了過來。

雖然我記得他聽完基列奴的解釋後就願意停手，應該不是壞人，但當時他冷不防就打算殺了我，的確是讓我覺得小命差點不保。

該不會他的主人佩爾基烏斯也是危險人物吧？稍微有點不安。

不對，就算下屬是危險人物，不代表主人也是一樣的調調。

況且，如果佩爾基烏斯事先就察覺會因轉移事件而發生某種狀況，試圖提前阻止的話，單就他的行動來看，反而該讚揚他才是。

但是我的確差點被殺了……算了，都以前的事情了。我可以既往不咎，嗯。

和初次見面的對象可不能這麼殺氣騰騰。保有一顆寬容的心非常重要。

「到了喔。」

當我正在胡思亂想時，七星在遺跡的正中央一帶停下了腳步。

這裡空無一物……雖然我這麼想，但仔細一看就能發現地上埋著一塊很適合坐在上面歇息的石頭。

那是一塊石碑。祕藏著驚人力量之人的紋章正依稀發出光芒，這是七大列強的石碑。

我聽說在世界各地都有，原來在這裡也有啊？

但是這並非魔法陣那一類的物品。說不定通往地底的門會「嘎」的一聲開啟，走下樓梯之後就會出現轉移魔法陣。

難不成七大列強的石碑本身就是一種傳送裝置？

只要在石碑前面詠唱咒文，就能傳送到其他的石碑之類？

「接下來要怎麼辦？」

「呼喚。」

七星這樣說完後，就放下背包，從裡面拿出了金屬製的笛子。

笛子上面並沒有調音孔，也就是所謂的哨子。七星將嘴巴靠在上頭，用力地吹了口氣。

「噗嘶——！」

沒有發出聲音。只是響起了一聲氣音。那是狗哨之類的東西嗎？

「沒有發出聲音啊？」

克里夫一臉無法釋懷地詢問。

「發出來的聲音人類聽不到。只要在這等一下應該就來了。」

七星這樣說完，就在附近的石頭上坐下。

人類聽不見的聲音。這樣會傳到佩爾基烏斯的耳中嗎？換句話說，那個笛子要不是魔力附加品，就是佩爾基烏斯其實是條狗。

「克里夫。」

突然，艾莉娜麗潔一臉正經地叫住克里夫。

「怎麼了？」

「我要趁現在先講清楚。我說不定會在接下來要去的地方遭到嘲笑，但你絕不能用激烈的言語大聲還嘴喔。」

「…………知道了。我也不是小孩子了。」

克里夫就像是被叮嚀要用功念書的小孩般地嘟起了嘴巴。

艾莉娜麗潔倚靠在這樣的克里夫身上，並在他耳邊低喃了幾句。

從克里夫那笑開的表情看來，想必艾莉娜麗潔低喃的不是謝罪之詞就是甜言蜜語吧。

「那有名的空中要塞究竟會裝飾著什麼樣的雕像呢？真是令人無比期待！」

札諾巴一如往常。這傢伙在知道能去佩爾基烏斯那邊的當下，就說：「那麼，也讓佩爾基烏斯大人看看吾等的成果吧。」，隨後就將我做的瑞傑路德人偶和其他幾個模型一起塞進箱子，打包行李。

雖說不知道會不會有那樣的機會，但他好像願意幫我像當初對巴迪岡迪做的一樣進行推銷。真是熱心工作。

順便說一下，茱麗和金潔不在這裡。

茱麗負責留守在札諾巴的房間。

金潔則是收到札諾巴的命令，幫忙保護我的家人。

但並不是危險到需要護衛，只是在有個萬一的時候可以出手幫忙。

想必金潔也想跟著札諾巴一起同行……算了，哪怕多一個也好，對我來說只要願意幫忙照顧我家人的人越多就更加安心。

「可別把自己的喜好硬推給別人啊，不管怎麼說，對方可是已經活了四百年了。」

「哈哈哈，巴迪岡迪陛下不是活得更為長命嗎？活得越久的人，就應該更能理解師傅的人

偶的美妙之處。」

「是這樣嗎……嗯？」

遠處的天空有某個東西發出了光芒。

「來了呢。」

七星剛這樣嘀咕，那傢伙就現身了。

實在太過唐突，只能用不知不覺來表示他的出現。

他有一頭金髮，穿著正面扣住，類似白色立領學生服的筆挺服裝。想來應該很英俊的臉孔藏在黃色的面具下。那面具大概是參考類似狐狸的動物。而且腰間還插著一把大型匕首。眼前的人就和我記憶中的模樣如出一轍。

「光輝的阿爾曼菲，登場。」

真的非常唐突。他就宛如突然出現似的，直挺挺地站在我們的中心。

恐怕他是以光的速度從那個空中要塞飛過來的吧。

在菲托亞領地即將消滅的前一刻，他也是這樣出現。

「……」

阿爾曼菲突然望了我這裡一眼。他還記得我是誰嗎？真怕他會像之前那樣突然襲擊過來。

我默默地發動魔眼，握緊法杖。

然而阿爾曼菲好像不記得我是誰，對我不以為意。他環視了四周之後，走到了七星面前。

「……人數還真多啊。」

看樣子他似乎是在清點人數。

七星對於這個提問，只是「嗯」了一聲點頭回應。

「應該沒關係吧，不是說過十人左右都還不成問題嗎？」

「人數無所謂，但是……」

阿爾曼菲說到這，望向洛琪希。

「魔族不行。」

「咦？為……為什麼？」

洛琪希臉上的表情宛如被冷水潑到的小貓。

「不能讓魔族進入吾等的空中要塞。」

「這……這樣啊。」

洛琪希像是被當頭棒喝似的，有氣無力地垂下肩膀。

佩爾基烏斯在拉普拉斯戰役時曾和魔族交戰。

既然這樣，果然還是會對魔族有自己的成見吧。因為戰爭似乎會在人的內心留下創傷。

「無論如何都不行嗎？」

「佩爾基烏斯大人雖然寬宏大量，但他討厭魔族。」

最近這陣子對魔族不太有差別待遇害我都給忘了，敵視魔族的風潮依舊存在。

雖說佩爾基烏斯是傳說中的人物，但畢竟是戰爭的當事者。

說不定和瑞傑路德一樣，至今仍無法忘懷戰爭中發生的某些經歷。

但是只有洛琪希不能同行，這樣稍微有點可憐。

「不，沒關係。既然這樣，那我就在家留守好了。原本我就有點害怕和佩爾基烏斯……大人見面，況且我還有教師的工作，這樣正好。」

洛琪希儘管垂頭喪氣，卻依然乾脆放棄。

但是她內心肯定也是想去看看，她臉上那滿心遺憾的表情一覽無遺。

然而她卻轉向我這邊，為了讓我安心露出了苦笑說道：

「魯迪，家裡的事情就交給我吧。」

「知道了。我會帶伴手禮回去的……」

這樣說完後，洛琪希將帽緣稍稍往前傾，做出角度好讓旁人看不見自己的表情。

然後，用有點難以啟齒又帶點玩笑話的口吻，小聲地對我說道：

「不需要伴手禮。只要你回來的時候願意抱緊我，那就足夠了。」

根本不用等到回來，我立刻溫柔地抱緊洛琪希，持續了十秒左右。當洛琪希的心跳聲開始加速，我便在底下的原子火箭砲裝上核彈頭之前鬆開手臂。（註：出自《機動戰士鋼彈 0083》，GP-02 搭載的核彈頭武器）

「謝……謝……謝謝你。」

「不會，彼此彼此。」

洛琪希有點尷尬地紅著一張臉，然而卻又滿足地揚起嘴角，和我們稍微拉開距離。回去之後再好好親熱吧。

「話說完了嗎？」

當我和洛琪希道別完後，阿爾曼菲湊近到我的身旁。

他遞給我一根宛如接力棒的物品。仔細一看，其他人手中也拿著相同的東西。

「拿好。」

我依言接了過來。

那是條長約二十公分的金屬棒，表面刻印著複雜花紋。

附在兩端的是魔力結晶嗎……既然這樣，這恐怕是魔道具。

「拿好之後要怎麼做呢？」

「只要拿著就好了。佩爾基烏斯大人會用轉移魔術將你們呼喚到空中要塞。」

他說轉移魔術，這是發動轉移魔術的魔道具嗎？居然還有這種玩意兒，也太方便了吧。

奇怪？但是我記得不是沒辦法召喚人類嗎……？

不對，這算是轉移……不知道其中有什麼差別。

「啊，請問回去的時候該怎麼辦？」

「回程也是用相似的方法。」

阿爾曼菲若無其事地說道。既然他都這麼說了，總會有辦法吧。

畢竟回程要是得徒步的話，到家的時候露西都長大成人了。聽他這麼說我就安心了。

「所有人都拿好了嗎？務必要用空手好好握緊。」

聽到空手這兩個字，我望向自己的左手。因為我的左手是義手，嚴格說來不算是空手。

「好像沒問題了。」

七星看到所有人都點過頭後，向阿爾曼菲示意。

「那你們稍待片刻。」

阿爾曼菲點了點頭，就化身光芒消失在遙遠的一端。

想必他接下來是要去向佩爾基烏斯轉告已經準備就緒。

「……總覺得好緊張呢。」

「是啊。」

愛麗兒欣喜地向希露菲搭話，看起來確實是有點雀躍。

不過話又說回來，轉移啊……如果失敗的話，會不會又被傳送到什麼莫名其妙的地方？就算佩爾基烏斯再怎麼厲害，既然是人就難免會犯錯，真可怕啊。

「……哦？」

當我正在胡思亂想時，感覺手上的棒子突然間夾帶了一股熱氣。

這股熱氣傳達至掌心，有種像是要被吸進棒子裡似的感覺席捲而來。

如果在這時鬆手的話會怎樣？應該會失敗吧。但是突然產生這樣的變化，照理來說應該會有人把手鬆開……

「奇怪？」

我這麼想著並環顧四周，這才發現大家都不見了。

不對，這個瞬間希露菲正望向我這邊消失而去。

只剩我和洛琪希被孤零零地留在原地。

咦？我被丟下了？

正當我冒出這個想法的瞬間，我的意識就被吸進棒子裡。

回過神來，我發現自己正處在一片純白的場所。

空無一物，一片純白的空間。我在那裡宛如被看不見的絲線牽引，正以高速移動。

被電動捲線器強行釣起來的魚兒，內心想必就是這樣的感受。

在前方稍遠的位置，可以看到希露菲同樣被拉扯過去進行移動。被召喚就是像這樣的感覺嗎？

話又說回來，這個場所感覺似曾相似。

是在哪裡見過呢？

對了，是人神。由於平常不會留下太多記憶，但是這個場所和出現在夢裡的人神所在的場所極其相像。要說不同的話，就是我的身體並不是前世的模樣這點吧。

我穿著平常那套長袍在這片空間中飛行。接著，看到前方發出了巨大的光芒。

那道光描繪出光怪陸離的魔法陣形狀，將我吸入其中。

回過神來，我已經站在地面。

「啊！」

感覺宛如突然從夢中清醒似的。難道我失去意識了？不，並非如此。我確實在空無一物的空間中飛行。

「這就是……佩爾基烏斯的轉移魔術嗎？」

這感覺真是奇妙，但是我過去也曾經體驗過與這相同的感覺。

那就是轉移事件。當時給我的感覺也是宛如像在空中飛行。

然而，這次和當時有些不同。最大的差異就是穩定感。

要是將轉移事件當時的感覺比喻成從高速行駛的車上跳下，這次比較像是搭計程車，有一種被安全送達的感覺。

「……總覺得對這種感覺有印象呢。」

希露菲悄悄地對我說道。她果然也有相同的感受。

「是啊。」

我邊回應邊環顧四周。

愛麗兒、路克、札諾巴、克里夫、艾莉娜麗潔以及七星。全員到齊。

除了七星和艾莉娜麗潔以外，所有人的表情都一臉茫然，但無論如何，全員看來都平安無事。

「好巨大的魔法陣……」

聽到克里夫自言自語，這才讓我察覺到自己所在的場所。

我們現在正站在巨大的魔法陣之上。

半徑應該有十公尺吧。這道魔法陣直接刻在宛如大理石的漂亮石頭上，在渠道上流動的水還發出淡淡的光芒。恐怕上面施加著某種魔術。

水先姑且不提，我對這道光的顏色有印象。這和傳送去貝卡利特大陸的轉移遺跡中見到的如出一轍。換句話說，這也是轉移魔法陣的一種。

「嗚哇……」

奪走我視線的，是在魔法陣更深處的景象。

那裡有一座巨大的城堡。以高度來說至少有五十層左右吧。橫幅也很寬，整體看來並非高瘦，還給人一種莊重感。雖然無法確定深度，但那應該不是紙糊的布景板。

就算搜尋我前世的記憶，一時之間也想不出如此巨大的建築物。感覺就像是在東京巨蛋上建造一座城堡。

這就是空中要塞啊。雖說曾經從地上看過……沒想到居然會如此巨大。

仔細想想也是理所當然。畢竟從遠處看就具有相當的存在感。

「真驚人，比阿斯拉王宮還要巨大。」

聽見希露菲的聲音後，我把視線逐漸往下望去。

在城堡的前方看得見同樣巨大寬廣的庭園。

這座庭園內種植了樹木以及五顏六色的花草，宛如一座迷宮。在庭園前方有一條水路，水反射陽光一閃一閃地發光。遠遠看去就能明白整個庭園都打理得相當乾淨整潔。

「魯……魯迪……後面。」

「哦？」

我照希露菲說的試著轉頭望去。

在魔法陣的外側有金屬製的柵欄，而在更外側的部分，一片純白的雲海呈現在眼前。

「是雲……」

我前世還是個小學生的時候，曾經搭過一次飛機。

照理來說應該和當時的光景相像。但這還是我第一次沒有隔著窗戶，直接用肉眼觀看。從上方俯視雲朵，為什麼會讓人如此感動呢？

「……」

克里夫和路克兩人都驚訝得合不攏嘴。

愛麗兒也瞪大眼睛，眺望著在眼前擴散開來的雲海。

完全說不話來，只是為眼前的光景感到驚訝。

這也無可厚非。因為這個世界既沒有飛機，甚至也不存在著登山這種概念。

自然沒有機會見到眼前這副光景。

突然，希露菲揪住了我的衣袖。

「怎麼了？」

「……我不擅長站在高的地方。」

我低頭一看，發現希露菲的腳正在微微顫抖。

明知自己不擅長高處，卻依舊跟來空中要塞嗎？真是努力。

如果她兩腿發軟動彈不得，就由我抱著她移動吧。

「從吾等空中要塞望去的這道風景，請問各位還中意嗎？」

背後唐突地傳來從沒聽過的聲音。我慌忙回頭一看，發現那裡站著一名女性。

那個人宛如雕像一般，恰巧站在魔法陣的外側。

接近白色的金髮垂至肩膀，臉上戴著白色鳥類的面具。

儘管不清楚是不是個美女，但可以從身體曲線看出是名女性。

她身穿猶如法衣的純白衣裝，手持法杖。法杖的前端鑲著不甚透明的黑色魔石。那把法杖無疑相當值錢。

雖然我認為把什麼事情都和錢聯想在一起實在不像話，總之那是很昂貴的法杖。肯定比我的愛杖還來得貴重許多。

然而她的外表最值得一提的，既不是法杖也不是法衣。而是她的背後。

她的背上，長著一對讓人訝異的巨大漆黑羽翼。

「天族……？」

那對翅膀有著壓倒性的存在感。

儘管如此，她本人的氛圍卻又太過寧靜，幾乎讓人感覺不到她的存在。實在奇妙。

當我們的視線集中在她身上的瞬間，那名女性緩緩低下頭。

「非常歡迎各位今天大駕光臨。」

就算是疏於禮儀規矩的我，也可看出她的動作十分洗練。

「我是佩爾基烏斯大人的第一僕人，名叫空虛的希瓦莉爾。請容我帶各位參觀空中要塞Chaos Breaker。」

「我是身旁這位阿斯拉王國第二公主愛麗兒・阿涅摩伊・阿斯拉的專屬騎士，路克・諾托斯・格雷拉特。承蒙您親切問候，不勝感激，還請多多指教。」

立刻回禮的人是路克。

他站在愛麗兒身前，向自稱希瓦莉爾的這名女子投以溫柔的微笑。

希瓦莉爾的尺寸說大不大說小不小，就算這樣也在他的守備範圍之內嗎？不對，應該不是。那只是社交辭令罷了。

「我是阿斯拉王國第二公主愛麗兒·阿涅摩伊·阿斯拉。」

透過路克的介紹，愛麗兒也提起裙襬，緩緩行禮。

她的動作也相當洗練。這我可學不來了。

隨後我們也跟著他們，依序進行自我介紹。

克里夫和札諾巴的行禮也相當標準。說不定在這裡面就屬我最不懂規矩。

「好的，還請各位多多關照。」

儘管不清楚希瓦莉爾內心做何感想，但她很仔細地對應我們。

「好久不見了呢，希瓦莉爾小姐。」

最後是七星向她隨意打了聲招呼。

「是的，七星大人也……您看起來不太有精神呢。」

「只是有點不舒服而已。」

兩個人只進行了簡短的交談。不過氣氛看來相當和睦，看來不會有問題。

「那麼，各位請往這邊。」

希瓦莉爾轉過身子，以悄然無聲的動作向前方走去。

頭部幾乎沒有上下移動，腳部又被法衣擋住看不清楚，簡直就像幽靈似的。

七星一臉理所當然地跟了上去，所以我們也跟在她們身後繼續移動。

★★★

希瓦莉爾沿著一直線穿過庭園的道路前進。

前方有一道巨大的門。說是門，其實是像凱旋門一樣的石造門廊。

看到前方出現這道大門，札諾巴發出讚嘆聲。

「唔嗯，真是了不起的浮雕！」

儘管札諾巴只對人偶感興趣，但其實他對人偶以外的藝術品也有一定程度的理解。想必是因為其中有共通之處吧。

相對的，我就看不懂這種花紋是好是壞。

算了，既然札諾巴都這麼說了，肯定是相當了不起的作品吧。

畢竟這明明不是人偶，卻依舊讓他發出了讚嘆。

「喔～」

我被札諾巴影響，抬頭仰望大門。這才發現類似凱旋門的這道門廊就連內側都刻滿了精細的浮雕。甚至連拱門內側以至天花板都描繪著精細的花紋，讓人不由得抬頭仰望。

我一邊抬頭仰望大門一邊走著，從前方傳來希瓦莉爾的解說。

「這道門是由冥龍王馬克士威大人親手製作。馬克士威大人非常擅長這種工藝品以及魔導建築，現存的作品之中，有像米里斯神聖國的白宮——」

「嗚喔喔喔喔！」

札諾巴唐突地發出大叫。

希瓦莉爾不解地回頭一看。

「請問怎麼了嗎？」

「那……那個！請問馬克士威大人現在身在何方？」

興奮的札諾巴一邊發抖，同時盯著門上的一處。

那裡有什麼嗎？嚴格說起來，我根本不知道他在看哪裡。

「冥龍王馬克士威大人四處流浪，倘若他目前尚在人世，我想現在應該也在地上的某處四處徘徊。」

「這……這樣啊？沒想到……沒想到……那麼偉大的人物居然……」

札諾巴似乎難掩興奮之情。是說札諾巴原本就隱藏不住自己的情緒。

「請問可以繼續前進了嗎？」

「哦……噢，實在抱歉。由於太過出色，讓本王子一時太過感動。」

「這樣啊。只要踏入城內，還會觀賞到其他許多優秀的作品。想必能讓您大呼過癮。」

希瓦莉爾用柔和的語氣這樣說完，朝向前方繼續前進。

在那副面具之下恐怕正露出微笑吧。

隨後，札諾巴走近我的身旁，將嘴湊到我的耳邊悄悄說道：

「師傅，您看到了嗎？」

「嗯。」

「這發現實在驚人。幸好有來這裡。這可得感謝七星小姐才行。」

他說的大發現是指什麼啊？看樣子我和札諾巴看到的部分並不相同。

「抱歉。我不太清楚你發現了什麼。待會兒有時間的話再告訴我吧。」

說完這句話後，札諾巴露出了顯而易見的失落表情。

「什麼！想不到師傅您居然沒有注意到！」

札諾巴邊說著這句話，同時往後退了幾步。

抱歉，我鑑定物品的眼光並沒有像你培育得那麼好。

「嗯？」

我感覺在穿越門的瞬間，走在前方的希露菲身體上突然散發出了某種類似白色粒子的物體。

「哎呀？」

希瓦莉爾停下腳步轉過身子，望向我和希露菲。

儘管無法推測她面具下的表情為何，但可以感覺到她的氛圍有所不同。

是說，連我身上也有冒出那種白色粒子嗎？

「那個，請問有什麼問題嗎？」

我戰戰兢兢地向希瓦莉爾提問。

以前阿爾曼菲曾經冷不防就襲擊我，難保這次不會有類似的事情重演。

既然如此，那我希望可以事前詢問清楚，以求解開誤會。

如果並非誤會，而是真的有什麼糟糕的事情，還是別與其敵對，盡快從此處離去。我是有事情想請教佩爾基烏斯沒錯，但如果要變成敵人，打道回府自然才是明智之舉。

「不。沒有什麼特別的問題。在地上有很多像你這樣的人。」

「是這樣嗎？」

像你這樣的人是指什麼啊？

真令人不安。該不會一踏進城裡就冷不防地被困在結界裡吧……

先發動魔眼吧。

「但是，可以容我向兩位請教一個問題嗎？」

從「兩位」這個詞來判斷，從我的身上果然也有散發出類似粒子的物體嘍？雖然不知道粒子的來歷，應該就像在機場檢查行李時發出嗶嗶聲那種感覺吧。

「請問要問什麼？」

「人神這個名字，請問兩位有印象嗎？」

我努力裝作面無表情。

人神。聽到這個單字，讓我想起了奧爾斯帝德。以前奧爾斯帝德詢問過相同問題，我回答後，就差點被殺了。這次也會發生同樣的事嗎？我可敬謝不敏。

我猶豫了起來。

如果回答知道，又讓別人和我敵對那可傷腦筋。我確實是在那傢伙的手掌心上任憑他擺布，也總是受到他的幫助。儘管我不打算成為他的爪牙，但也自認目前的處境與那相像。

「不，沒有印象。」

在我猶豫的時候，希露菲已搖頭否定。

「那麼，兩位聽到這個名字，會從胸口深處湧出一種難以言喻的憤怒與殺意嗎？」

希露菲不發一語地搖了搖頭。

我也跟著搖頭。然而我對這個問題卻有頭緒。奧爾斯帝德就給人那種感覺。

既然會在意這種事，表示佩爾基烏斯和奧爾斯帝德是敵對關係嗎？

「既然如此，那我就沒什麼要說的了。」

丟下這句話後，希瓦莉爾繼續往前走去。

空中要塞 Chaos Breaker。

儘管名字可說是中二的集大成，但是其外觀只能用出色來形容。

甚至讓人會不禁思考，如此巨大的建築物究竟是以何種方式建造……然而不僅如此，各處還擺放著精緻的石像，上頭的每項裝飾，都可看出工匠精湛的手藝。

不光是外觀，城內也鋪著繡有金色刺繡的地毯，牆上則是掛著繪畫，通道兩旁也陳列著看起來相當昂貴的工藝壺和雕像。

札諾巴看到那些藝術品後，就喋喋不休地解說：「這個雕刻有嘉農派的風格，難道說是本人的作品嗎？」或是「是艾朗金的騎士雕像啊？居然能在這裡看見實物，實在幸運。」，看來他非常開心。

一開始希瓦莉爾和愛麗兒也會出聲附和，但後來不知兩人是否累了，變得只會以苦笑應付。

平常像這種時候，應該還有另外一個煩人的傢伙才對。

我想到這後望向克里夫，他緊張到讓人不忍直視。

他瞪大雙眼，抱著一種不被人搭話就絕對不開口的堅定意志閉緊嘴巴。

在他身旁的艾莉娜麗潔，則是像媽媽般地牽著那樣的克里夫的手前進。

算了，畢竟要是有兩個人大吵大鬧也難以收拾，這樣正好。

「這邊就是晉見之間。」

走過漫長的走廊，希瓦莉爾在盡頭的一扇門前停下了腳步。

那是一道兩側都描繪著龍，以銀裝飾的厚重大門。

從魔法陣走到這裡為止感覺至少花了約一個小時。寬廣到這樣也很傷腦筋吧。是不是導入賽〇威之類的比較方便啊？（註：賽格威（Segway）是一種以電力驅動、具有自我平衡能力的個人用運輸載具）

「佩爾基烏斯大人雖然寬宏大量，但還請各位千萬不要疏於禮節。」

希瓦莉爾這樣說完，便將手放在門上。不用敲門嗎？

「恕我冒昧，我們現在還穿著旅行用的裝扮！直接這樣晉見佩爾基烏斯大人，不會有失禮節嗎？」

慌慌張張這樣說的人是愛麗兒。

經她這麼一說，一般來說像這種場合確實會先被帶到類似接待室的場所等候。在那裡換下旅行裝扮並穿上正式禮服，待一切準備就緒再晉見主人。

我記得在西隆王國晉見國王時也是那種感覺。因為我沒有禮服，所以還是得穿著這身髒兮兮的長袍……真糟糕，我從來沒有考慮過這種事，這樣一講我才注意到這是晉見啊。我應該也要把禮服帶過來才對。

「佩爾基烏斯大人並不是會在意打扮的人。相反的，他很討厭阿斯拉王國的古板作風。我想與其更換衣服，不如請各位維持那身打扮，才會給大人留下好印象。」

聽到她這番說詞，愛麗兒也只好噤口。

說不定也有關於這件事的傳聞軼事。

佩爾基烏斯之所以會住在空中要塞，是因為受到阿斯拉王國的欺負之類。

「但是，是不是至少能讓我們放下上衣和行李一類的物品呢？」

「我明白了。那麼這邊請。」

聽到愛麗兒這幾近懇求的話語，希瓦莉爾點頭答應，她離開巨大的門扉，打開了位於斜對面的房門。

這裡面和我家的寢室差不多大小。與城堡的寬廣程度相較之下略顯狹小簡樸，但從桌子和櫃子等設備以及衣架一類的小物件來看，都可以感受到主人具有高尚的品味。

「承蒙您的體諒。」

「佩爾基烏斯大人已經在等候各位，還請盡快。」

希瓦莉爾說完之後，便關上了房門。

愛麗兒確認到她離去後，立刻脫去上衣。路克接下衣服之後，希露菲便從行李中取出梳子，俐落地幫愛麗兒梳理頭髮。同樣的，札諾巴也脫下上衣掛在衣架上，從行李中取出別的上衣穿在身上。

艾莉娜麗潔也幫克里夫檢查他的服裝以及髮型。

我姑且也拍掉身上的塵埃，整理好衣袖。雖說我沒帶禮服過來……但重要的不是服裝，而是心啊。既然對方說穿便服即可，那依言行事才是正確做法。

順帶一提，只有七星什麼都沒做。

頂多只是整理一下瀏海的程度。是說，只有這傢伙今天也穿著制服。

「好。」

最後，希露菲摘下太陽眼睛，這樣一來所有人都準備完畢。

應該花不到十分鐘吧。

明明如此，愛麗兒卻宛如換了一個人。只不過是脫下上衣，將頭髮快速地整理過一遍，渾身上下卻洋溢著高尚的氣質。

說不定所謂的王族，時常都磨練著讓自己在有限的時間內打扮漂亮的技術。

「久等了。」

「好的。那麼這邊請。」

向在房外等待的希瓦莉爾示意後，她便擺出泰然自若的神情，移動到剛才那扇門的前面。

就是刻著龍形花紋的巨大門扉。

佩爾基烏斯就在這前方。想到這點，連我也不免有點緊張。

「呼──……」

打開門的前一刻，我聽見了愛麗兒深呼吸的聲音。

第二話「晉見佩爾基烏斯」

坐在王座上的男子釋放出壓倒性的存在感。

光輝亮麗的銀髮，彷彿在震懾對手般的三白眼以及金色眼眸。加上從全身散發出來的王者氣息。他，即為王者。

「甲龍王」佩爾基烏斯。

第一眼看到的時候，我的腳便開始顫抖。

理由我很清楚。畢竟佩爾基烏斯和那個男人很相像。

想忘也忘不了，那個曾殺了我的銀髮男子。雖然無論髮型、服裝還是外貌都截然不同，但感覺卻十分酷似。

和那個龍神奧爾斯帝德。

「請進。」

在希瓦莉爾一聲催促下，七星率先踏步前行。

彷彿配合她的舉動，愛麗兒也緊隨其後。我則是藏在她身後前進。

這裡的空間十分寬敞。高聳的天花板被像大樹般的柱子支撐。只要抬頭仰望，即可看見巨大的吊燈正發出燦爛亮光。實在非常豪華，可謂金碧輝煌。

再加上牆上也掛著幾幅宛如懸掛標語的布條，上頭描繪著許多複雜的紋章。

舉凡阿斯拉王國和米里斯神聖國的名產，或是隨處可見的東西以至未曾見過的東西都應有盡有。

然後，站在我們踏步前行的這條絲絨地毯兩側的，是十一名男女。

「……」

他們所有人都身穿白色衣服。

儘管每個人身上衣服的設計都略有不同，但顏色同樣是白色。是白領階級。

所有人臉上都戴著面具。他們所戴的面具也都大相逕庭。有模仿動物外形設計的面具，感覺像是能從眼睛射出強力雷射，只遮住眼部的面具。還有像機器型警察那種只露出嘴巴的頭盔，甚至還有那種看起來就像水桶的。（註：影射《X戰警》與《機器戰警》）

想必他們就是佩爾基烏斯麾下的十二名使魔。雖說是使魔，外表和人類卻別無二致。

以前，阿爾曼菲曾經和基列奴戰得難分難解。換句話說，包含希瓦莉爾在內的這十二個人，八成都具有劍王級的實力。

我絕對不想與他們為敵，接下來得謹慎注意自己的言行。

「請停在那裡。」

聽到希瓦莉爾這句話，七星停下腳步。

「……」

距離不過短短十步的前方，有個被擺放在高出兩層位置的王座。

佩爾基烏斯坐在那裡，一語不發地俯視我們。

正確來說，比較像是在看我。總覺得視線和他對上了。好可怕。

希瓦莉爾緩緩地走到佩爾基烏斯身旁，站在他的右側。

希瓦莉爾站在右側，阿爾曼菲站在左側。然後左右兩側各站了五名面具軍團，宛如要把我們團團包圍。將這一切看在眼裡之後，佩爾基烏斯緩緩地開口說道：

「吾就是『甲龍王』佩爾基烏斯．朵拉。」

朵拉一族！是海賊嗎？

不對。和天空之城沒有關係。

「許久不見，佩爾基烏斯大人。我遵照約定，回來參見大人。」

七星帶頭低頭致意。她會用畢恭畢敬的口氣向人低頭鞠躬，實在少見。

我不經意往旁邊一看，發現愛麗兒也立刻站著行禮。

路克和希露菲則是單膝跪地行禮。雖然我猶豫自己到底該怎麼做，但或許是因為平日習慣所致，依舊選擇站著行禮。這就是日本式的鞠躬。

「七星啊。」

佩爾基烏斯的聲音，令我的背部為之一震。

聲音之中充滿了威嚴與威壓感。我感受到一股宛如遭到捕食的恐懼感，以及彷彿心臟被緊緊抓住的那種喘不過氣的感覺。著實讓人捏了一把冷汗。

實在驚人，這就是貨真價實的王者。

「既然回到這裡，表示妳對異世界召喚掌握到什麼線索了吧？」

「是的，但我不清楚這份成果是否符合佩爾基烏斯大人的期望。」

「成果……探求知識，才是吾等龍族的宿命。」

龍族，他是龍族嗎？雖然我至今對此並無特別在意，這才明白了。龍神，還有甲龍王，他們並非人族，而是龍族啊。難怪他們給人的感覺相像，原來是因為種族相同。

七星面不改色地和佩爾基烏斯交談。

而佩爾基烏斯看起來也沒有刻薄地對待她。

非常友好。雖說龜縮在這樣的城堡裡面，為人似乎也不算偏執。

「希望您能按照約定，將有關這個世界的召喚術知識傾囊相授。」

「好吧。」

看樣子，她原本就和佩爾基烏斯有過交易。七星研究異世界召喚，一旦獲得成果就報告給佩爾基烏斯。相對的，佩爾基烏斯得告訴她這個世界的召喚術的精髓。

「話說起來，妳似乎帶了一大批人過來，那些傢伙是什麼來頭？」

「是。他們協助我進行研究。作為報酬，他們想要晉見佩爾基烏斯大人。」

「哦？」

佩爾基烏斯不以為然地吐了一口氣。

對報酬這個字眼是有點耿耿於懷，不過倒也沒錯。

「初次拜會。」

愛麗兒率先向前踏出一步。

「我是阿斯拉王國第二公主，愛麗兒·阿涅摩伊·阿斯拉。今日有幸與陛下這樣偉大的人物見面，實在是榮幸之至。」

「是愛麗兒·阿涅摩伊·阿斯拉啊。」

「今後請您多多關照。」

佩爾基烏斯嘆了一口氣。

「吾知道妳。就是在阿斯拉王國的骯髒王位爭奪戰中敗北，依舊恬不知恥，想挑起一場泥沼戰爭，想把所有人都捲入其中的愚蠢女人。」

路克猛然抬頭。他的表情表露出強烈的憤怒。然而，愛麗兒卻用手平息路克的怒氣，不動聲色地回答。

「您的介紹實在辛辣……不過事實確實如此。」

她露出了柔和的微笑，目不轉睛地直視佩爾基烏斯。

「來到這裡，是盼望有機會的話可以仰仗吾的力量嗎？」

「不是，我只是想一睹聞名世界的英雄。」

「妳的企圖吾可是一清二楚。愛麗兒・阿涅摩伊・阿斯拉。」

愛麗兒的聲音一如往常充滿著領袖魅力。

然而，仔細一看就會發現她臉色不好，甚至還冒著冷汗。或許是因為自己的企圖被對方看穿，給對方的印象也不如預期，覺得完全沒有任何加分效果所致。

佩爾基烏斯看見那樣的愛麗兒後，咧嘴一笑。

那是像是在看著被斥責的孩子般的笑法。

「不過，既然來到這裡，那麼這也是命運。就給妳機會吧。允許妳滯留在吾的城堡。」

「非……非常感謝大人寬宏大量。」

愛麗兒行了一禮，接著退到了後方。

她臉上露出放心的表情，但是也看得出一絲的不安。

★ ★ ★

「接下來，你是？」

愛麗兒退下後，佩爾基烏斯將視線轉向我。

簡直就像我的身分僅次於愛麗兒似的，腦海中浮現這個念頭後，我瞄了一下後方，札諾巴、

克里夫以及艾莉娜麗潔這幾個成員都單膝跪地。

站著的人只有我、愛麗兒還有七星而已。也難怪他會注意我。

我將手放在胸前，再次低頭行禮。

「初次拜會。我叫魯迪烏斯．格雷拉特。」

「魯迪烏斯．格雷拉特……」

佩爾基烏斯像是在回味般地說出了我的名字。

「要把你轉移過來，讓吾稍微費了一番工夫。」

「……？」

「原本那套轉移魔術，無法使用在魔力超過自身之人身上。」

佩爾基烏斯不屑地這樣說道。

「你的魔力讓吾聯想到拉普拉斯。如果你認真抵抗，那吾也沒辦法將你轉移吧。」

「這還真是……給您添麻煩了。」

拉普拉斯。據說是在四百年前遭到佩爾基烏斯等人封印的魔神之名。在評價我的魔力時，每個人都會道出這個名字。想必我和他非常相像。

「罷了。但是，你可別妄想在這個城內，使用那股強大又令人作嘔的魔力。」

「那是當然。」

感覺就像被事先警告。

不對，這的確就是為了防止我大鬧而提前警告我吧。

話說起來，為什麼會這麼警戒我？我不是那種毫無理由就會大鬧的類型，況且就算有理由也不會胡作非為。

……啊，難道說他還記得嗎？在那起轉移事件的前一刻，阿爾曼菲突然朝我殺了過來那件事。他是不是認為我依舊對此耿耿於懷？所以這句話的言外之意，就是要我別繼續記恨？

「那個，如果是有關轉移事件那件事，我已經不介意了。所以──」

「轉移事件？那是什麼意思？」

當佩爾基烏斯不解地歪了頭的那瞬間，阿爾曼菲轉眼就移動到了他的身旁。

然後在他的耳邊低語了幾句。

「噢，話說起來，吾曾聽說在轉移事件的現場，有名被劍王守護的少年正打算朝著天空使用魔術。原來就是你啊。」

他好像不記得了。

這樣算是自掘墳墓嗎？這樣一來就等於是公開宣言表明自己很在意一樣。但是我應該沒對他們留下禍根，畢竟我什麼也沒做。應該沒有吧？

「然後，聽說讓奧爾斯帝德負傷的那個人，就叫魯迪烏斯・格雷拉特。」

與其說是負傷，其實只是讓他的手擦傷而已。

既然他知道此事，代表佩爾基烏斯和奧爾斯帝德彼此認識？

我原本就猜想七星之所以會認識浮游在空中的這個城堡的國王，也只有可能是奧爾斯帝德從中牽線，看來這推論果然沒錯。

「像你這般具有才能的人，有時會過於相信自己的力量。讓那名龍神負傷，想必會增長你的氣燄。但是，如果你打算與吾一戰，可得抱著必死的覺悟。」

丟下這句話的那瞬間，周圍的使魔釋放出了若干殺氣。

別這樣啦。你們像這樣殺氣騰騰的讓我很困擾耶。我只是為了詢問有關塞妮絲病狀的情報，運氣好的話能進一步習得召喚魔術才來這裡的。

……難不成，他以為我和奧爾斯帝德戰得不分軒輊，最後甚至兩敗俱傷吧。

別開玩笑了。我根本是單方面被虐殺，只是趁機用偷襲的方式打中一發而已。

在場的十二名使魔。雖說僅限於書上看來的知識，但我大致知道他們的能力。然而知道角色性能和實際對戰可是天差地別。

然後，人數這種概念在打架時的影響相當有利。就算是能一擊打倒的殭屍，只要用人海戰術也同樣會感受到絕望。更何況能和基列奴戰得平分秋色的有十二個人。雖說不清楚佩爾基烏斯本人的實力，但絕對不弱。

要是和他們開戰的話我必死無疑。嚴格說起來，我根本沒有戰鬥的理由。

「當然，我不可能做出忤逆佩爾基烏斯大人的舉動。」

「明白就好。吾喜歡賢者。愚者只會讓他人失去光彩，賢者則能讓彼此互相精進。」

這個場合所指的賢者，意思是指不去違逆佩爾基烏斯的人吧。

我認為自己的腦袋絕對不算靈光，但起碼明白這點。

「佩爾基烏斯大人。那傢伙，那個……他用那巨大的魔力，對我的研究做出莫大的貢獻，並非敵人。所以，是不是能請您對他寬待一些呢？」

這時，七星雪中送炭。

不愧是七星小姐。沒錯。我沒有任何敵意。對我溫柔點吧。

「嗯。」

聽到七星這麼說後，佩爾基烏斯點了點頭。

「那麼吾就溫柔點吧。協助七星之人啊。你有何願望？是錢嗎？還是說力量？」

佩爾基烏斯用無趣的口吻這樣詢問。

看來他姑且決定把我當作客人看待了嗎？為什麼非得對初次見面的對象採取這麼不友善的態度啊？明明我都已經表現得這麼畢恭畢敬了……

算了。把事先就想好要問的問題問一問吧。

「那麼，我有一事想請教。」

「什麼？」

「是關於我母親的疾病——」

我開口道出塞妮絲的事情。

「——原來如此。」

說完塞妮絲的狀況和病況後，佩爾基烏斯重重點頭。

「吾曾聽聞古老的迷宮會捕捉人類，使其充當自己的心臟運作。然後，成為心臟之人會由於魔力產生變化，無一例外均會喪失記憶，並且會獲得神祕的力量。」

「神祕的力量？」

「就是被稱為咒子，或者是神子之人所擁有的力量。」

詛咒。原來塞妮絲被附加了詛咒嗎？會是一種不能哭笑的詛咒嗎？

「這是為了什麼？」

「不知。但吾曾聽聞一說，迷宮是古代魔族為了製造樂園而誕生的魔物。會從核心的魔力結晶將魔力平等地分給迷宮內部的人。生存於裡面的生物會成為與飢餓無緣的存在，得到繁榮。古老的迷宮為了提高分配魔力的效率而將人吞至體內，也沒什麼不可思議。」

古代魔族的樂園……與飢餓無緣的存在。

話說起來，在轉移迷宮內部有著大量的魔物。特別是暴食惡魔多到讓人覺得噁心。我曾想過牠們到底是吃什麼維生，原來是這麼一回事。

不對喔，我聽洛琪希說她在迷宮裡面也會感到飢餓。會給內部的人平均分配魔力，想必這種說法言過其實。還是說，魔物有從空無一物的地方吸取出魔力的方法嗎？

……算了，迷宮的事情無關緊要。現在重點在塞妮絲身上。

「請問您知道治好我母親的方法嗎？」

「詳細情況吾也不知，但……」

佩爾基烏斯話說到這，看向我的背後。

「有名女人過去曾經遭遇相似命運，但至今依然健在。要問詳情的話，那個女人應該比較清楚吧？」

佩爾基烏斯送出的視線前方，是名有著一頭豪奢金髮的長耳族(妖精)女性。

艾莉娜麗潔緩緩地抬起頭來。

「艾莉娜麗潔・杜拉岡羅德。吾記得，妳應該在大約兩百年前由吾的好友親手從拜烏的迷宮拯救出來才是。」

「是的。」

「喪失記憶的長耳族少女啊。過去吾曾見過妳一次。看來妳成長了不少，如今已經不記得吾了吧？」

「不，我還記得。」

艾莉娜麗潔露出一臉歉疚的表情，將視線從我身上移開

這是怎麼回事？艾莉娜麗潔也曾經歷過相似的命運？她在兩百年前曾從迷宮中被拯救出來？等一下，這是什麼意思？

「為何不向他說明？既然你們一起來到這裡，表示彼此應該認識才對。」

「這個……」

「妳是當事人。沒有人比妳更了解這種狀況。」

聽到佩爾基烏斯的話後，艾莉娜麗潔支支吾吾了起來。

但最後還是毅然回答：

「我雖然沒有取回記憶，但塞妮絲或許跟我不同，因為這麼想，所以我才保持沉默。」

儘管語氣堅毅，但是她的表情略顯苦澀。克魯夫見狀後輕輕地抱住艾莉娜麗潔的肩膀。

「……」

我依舊陷入混亂，只能沉默以對。我確實覺得艾莉娜麗潔的態度有些不對勁，然而卻沒想到她會有這樣的過去。

「對不起。雖然我想說至少應該告訴你一聲，但最近的魯迪烏斯看起來很幸福，所以我就猶豫是否應該開口。何況塞妮絲的詛咒似乎也不至於危及性命，我猜想或許是成為神子，又或者是沒有任何變化……」

「……詳細狀況，請讓我待會兒再請教妳。」

對著像是在不斷找著藉口的艾莉娜麗潔，我光是說出這樣的話就已竭盡全力。

「我明白了。」

其實我並不打算責備艾莉娜麗潔。

儘管她沒有表明自己的經歷，但在貝卡利特大陸時也主動針對塞妮絲的病狀提供形形色色的意見。原本我以為只是因為她見多識廣，原來是出自經驗之談。

既然是艾莉娜麗潔，肯定也考慮了很多。她認為塞妮絲和自己不同，說不定能取回記憶，加上保羅屍骨未寒，認為沒有必要雪上加霜說出那樣的事實。想必是體諒我才沒有說出口吧。不過，我希望她還是能至少在事前就告訴我塞妮絲說不定身中詛咒一事。

「還有其他事嗎？」

「沒有。」

佩爾基烏斯語氣平淡地詢問，我搖了搖頭表示否定。總覺得這幾分鐘讓人莫名疲累。這種疲勞感簡直就像對話了好幾個小時似的。

其實我還想問其他事情。像是召喚魔術、拉普拉斯戰役，或是轉移事件等等。但是再繼續將知識塞入腦內，我的腦袋大概就要爆了。

「其他人呢？有什麼事想拜託吾？」

「那麼，是否能讓本王子詢問一件事呢？」

聽到佩爾基烏斯的詢問，一名男子挺起身子，是札諾巴。

「你是？」

「沒事先報上姓名，十分抱歉。本王子是西隆王國第三王子，札諾巴．西隆。」

「是王子啊？你也希望吾作為你爭奪王位的後盾嗎？」

「不，本王子對那種事情毫無興趣。」

札諾巴乾脆地這麼說完後，從懷裡取出一本小冊子。

在冊子的表面上畫著一個紋章。我對那個紋章也有印象。那是畫在以前在我家地下發現的人偶設計圖上頭的……啊。

「這個紋章。和『冥龍王』馬克士威大人以及『甲龍王』佩爾基烏斯大人的紋章十分相像。進一步說的話，和那道牆上描繪的紋章極為酷似，請問您知道嗎？」

我望向掛在牆壁上的紋章。

札諾巴的視線，投向並排掛在上面的紋章，在那之中有我眼熟的紋章。

其中一個是刻在列強石碑上的紋章。那是龍神奧爾斯帝德的紋章。

另外一個則是在隱藏著轉移遺跡的魔道具上所畫的紋章。按照當時的詠唱推斷，應該是聖龍帝席拉德的紋章。

然後，在其旁邊，和札諾巴手上的是相同的紋章。

「當然知道。你手上拿的，是屬於『狂龍王』卡奧斯的紋章。」

「喔喔！」

喔喔！原來如此，他在門上看到的就是那個嗎？

他八成是在看到那道門時注意到馬克士威的紋章，發現兩者極為相似。所以才聯想到其中有著關聯。

真了不起，札諾巴先生！

「那……那麼，請問那位『狂龍王』卡奧斯大人，目前身在何方？」

札諾巴難掩興奮之情往前踏出一步繼續追問。然而佩爾基烏斯卻搖了搖頭。

「死了。而且是在幾十年前。至於是否有後繼者，吾也不知情。」

描繪著紋章的冊子從札諾巴手中無情滑落。他垂頭喪氣地沉下了肩膀。

「這……這樣啊。」

札諾巴的臉好像也一口氣老了五歲左右。不過他的長相原本就很顯老。

「話說，你是在何處看到那個紋章？」

看到札諾巴露出這樣的神情，佩爾基烏斯稍微往前探出身子追問。

札諾巴依舊喪氣地低著頭，回答佩爾基烏斯的提問。

「這是……在本王子師傅位於魔法都市夏利亞的住家，過去還曾是棟廢屋時發現的。上面還畫著會自行活動的人偶設計圖。」

「原來如此，會自行活動的人偶啊。」

佩爾基烏斯點了點頭，進一步追問札諾巴。

「那具人偶，相當出色嗎？」

「那是當然！刻劃在細節部分的技術讓人心醉神迷，充分表達出製作者對人偶的熱愛！本王子身為深愛人偶之士，對此人的理念甚至達到了崇拜的境界！」

聽到札諾巴這麼說，佩爾基烏斯瞇起眼睛，開心地笑了。

「看樣子你還懂得欣賞藝術。好。這座城堡的寶物殿之中，也有許多卡奧斯的作品。待會兒再讓你見識一番。」

佩爾基烏斯溫柔的語調，難以想像和剛才與我交談時是相同人物。什麼嘛，根本是差別待遇。不，是沒關係啦。

「榮幸之至！」

聽到這句話後，札諾巴露出滿臉笑容擺出五體投地的姿勢。這邊似乎也很高興。

看來佩爾基烏斯很中意札諾巴，真好，我也想被他中意。

「還有其他事嗎？」

「呃，我……不對，在下也可以詢問一件事嗎？」

聽到佩爾基烏斯這句話後舉手的人是希露菲。

希露菲用稍微有點生硬的動作向佩爾基烏斯低頭行禮。

「妳是？」

「我是阿斯拉王國第二公主愛麗兒大人的護衛，也是魯迪烏斯．格雷拉特的妻子。我叫希露菲葉特．格雷拉特。」

此時，希瓦莉爾向佩爾基烏斯低語了幾句。

隨後，佩爾基烏斯不耐煩地哼了一聲。

「夫妻都是嗎……」

他小聲地這樣低喃。難道說我們夫妻倆說了什麼惹他不快嗎？

雖說希露菲的魔力量也算多，但應該比不上我才對……啊，該不會是她的髮色以前是綠色這件事讓他看不順眼嗎？

「在回答妳的提問之前，先回答吾一件事。你們兩個有兒子嗎？」

佩爾基烏斯唐突地發問。希露菲雖然感到困惑，但還是搖頭否定。

「咦？不，只有女兒而已……」

「是嗎？如果你們生了兒子，就帶到吾的面前吧。到時吾會幫他取名。」

「咦？呃……是。」

佩爾基烏斯露出賊笑。感覺超詭異的。

我和希露菲的兒子有什麼問題嗎？難道說他想要取一個稀奇古怪的中二名字？畢竟是住在一座叫 Chaos Breaker 的城堡裡的男人嘛……

「好了，妳想問什麼？」

「那個，我想要請教有關轉移事件的事情，請問那起事件，到頭來究竟是誰引起的呢？」

希露菲的提問，是我最近明顯不再去思考的問題。

轉移事件，是七星從日本轉移來這裡時所引發的。

既然是從異世界轉移過來，自然會發生某種不當的後果。

因為我也是偶然才轉生到這個世界，如果是以肉身直接轉移過來，確實有可能會發生這樣的意外。

但是，前因後果也有可能相反。可能是由於某人做了什麼，結果才導致七星被召喚到了這個世界。

換句話說，有可能是單純的意外。

「這點還未有結論。當初吾認為可能是拉普拉斯，或是與他勾結的傢伙所為，但是……」

佩爾基烏斯瞄了七星一眼，繼續說下去。

「要召喚這個人，就算是吾也辦不到。既然如此，在這世上就沒有任何人能辦到此事。」

「也就是說？」

「那並非是人為導致，而是偶然引發的意外。」

果然是偶然啊。不對等等，說不定有比佩爾基烏斯更擅長召喚魔術的高手。像是奧爾斯帝德。不過，既然對方都說不知道了，要是貿然提起這種可能性反而會很失禮。

還是保持沉默吧。我可不希望再繼續惹對方不開心。

「這……這樣啊。謝謝您。」

在我猶豫的這段期間，希露菲已經低下頭結束了這段對話。

「還有其他的嗎？」

沒有任何人回答這個提問。艾莉娜麗潔低著頭，克里夫因為緊張而動也不動。愛麗兒打消發問的念頭，路克也老實地跪在地上。

「那麼，你們就慢慢享受吾引以為傲的空中要塞吧。」

佩爾基烏斯動作誇大地點了點頭，結束這次的晉見。

★ ★ ★

在希瓦莉爾的帶領下，我們抵達了客房。客房所在的區域，有將近二十間內部裝潢完全相同的房間。

綻放出深色光彩的木雕家具以及羽毛床。巨大又極為透明的鏡子。在櫃子擺著疑似酒類的物品。要說到不同之處，頂多就是裝飾在房間的繪畫內容而已。

儘管看起來好似旅館，卻比隨處可見的商務旅館更加豪華。用前世的基準來形容，感覺就像是帝國飯店的套房。不對，別說套房，我根本沒有住過帝國飯店。

「這麼寬廣的場所，僅僅由十二人來進行管理嗎……」

我對愛麗兒說的這句話留下了很深的印象。

儘管所有地方都打掃得一塵不染，但絲毫沒有人類的氣息。並不是說讓人覺得不對勁，但總給人一種冷清的感覺。簡直就像是明明沒有一起遊玩的朋友，卻買了2P用遊戲控制器那般寂寞。不過從佩爾基烏斯的口吻聽來，似乎偶爾還是會有客人來訪。

順便說一下，決定好房間後我們就開始自由行動。

札諾巴和愛麗兒似乎想稍微在城內四處參觀，一溜煙地就不知道消失到哪去了。當然，希露菲和路克也陪同他們一起。

至於我呢，則留在房間裡。

「呼……」

累壞了。明明只交談了一個小時左右，感覺卻像是整天都在聽別人說教。

雖然我也想在城內四處參觀，還是稍微休息吧。我這麼想著後便在床上躺平。

「喔喔，軟綿綿的耶。」

床柔軟到就像要這樣直接沉入地底似的。

是不是能跟他們要一張這種床啊……不對，先別提床了。

紋章那件事著實讓我吃驚。像是冥龍王還是狂龍王什麼的，冒出一堆赫赫有名的名字。

我記得那群人叫作「五龍將」來著。據說在神話時代，他們曾經以五敵一和龍神戰得平分秋色。

但再怎麼說也不會是當時的本人，應該會在名字前附加個第幾代才對。

甲龍王佩爾基烏斯，冥龍王馬克士威，還有狂龍王卡奧斯。

而在轉移遺跡的詠唱中出現的是聖龍帝席拉德。這樣一來就四個人了。我記得是一名龍帝和四名龍王，所以還有一名龍王嗎？話說起來，那道牆壁上的紋章和龍神相似的好像只有四種。最後一名龍王和佩爾基烏斯的交情不好嗎？

但是，更令我詫異的是那個人偶。

我還想說是在哪裡見過那個紋章，看來那和冠上龍之名號的那幾位有淵源。

雖說那份字條上的語言是我從來沒見過的……只要能拜託佩爾基烏斯幫忙解讀，研究似乎會有飛躍性的進展。試著去拜託他看看吧……

不對，與其說他不太中意我，不如說對我抱有戒心，所以還是找札諾巴去向他拜託吧。畢竟札諾巴和佩爾基烏斯在藝術上似乎興趣相投。

話說，狂龍王的紋章是在我家的地下發現的對吧。

難道說狂龍王以前曾經住過我家嗎？他該不會把自己關在那個家的地下操弄人偶吧？明明是狂龍王。

是說到底狂在哪裡啊？雖說那個人偶動作的確是很瘋狂啦……

啊，不過，只要把他想成是個和札諾巴擁有相同波長的人物，就可以理解為何被稱為狂了。

想必狂龍王卡奧斯先生也很喜歡人偶那一類的藝術品吧。

不過話又說回來，雖然我本來也想請教一下召喚魔術，但照這情況看來頗有難度。

佩爾基烏斯似乎對我抱有一種莫名的敵意。這樣的話一旦拜託他教我，感覺他也會說：

「你想用那股魔力召喚拉普拉斯嗎？」

……但是，我能辦得到這種事情嗎？

佩爾基烏斯說無法召喚擁有比自己的魔力還要巨大的對象。既然我的魔力好像和拉普拉斯相當，那還有辦法把拉普拉斯召喚出來嗎？有辦法在可疑的地下祭壇復活魔神嗎？

不，我是不會那麼做啦。但是萬一我能辦到，會被他警戒說不定也是理所當然。

「不管怎麼說，狀況倒是不壞。」

雖說被人討厭，但是既沒有被趕出去，也沒有發生爭執。

這樣暫時可以放心了。儘管稱不上完美，應該也算良好吧。

我就這樣胡思亂想，結束了在空中要塞的一天。

第三話「過去、詛咒、召喚與嫉妒」

曾經有一名少女，在大約兩百年前從迷宮中被拯救出來。

然而，她卻喪失了記憶與感情。儘管少女身分不明，但依舊可從外觀特徵判別出她的種族。於是她被寄養在該種族的村落，在那裡開始生活。村落的居民也爽快接納了這名身分不明的少女。

儘管少女的記憶沒有恢復，但在幾年後就取回了感情。

她的個性開朗又善於交際，很快地就和村落裡的男子成為戀人。

順利和那名男子結為連理的她，從那個時期開始就會為了某事煩惱。
那就是不斷膨脹的性欲。她幾乎每晚都會渴求著對方。
她所屬的種族絕非性欲旺盛。和人族及哥布林相較之下可說是遠遠不及。因此，擔任她戀人的男性相當操勞，但儘管如此依舊過著和平的生活。
只是，從這個時期開始，她的身體就已產生變化。
自從和男人擁有關係之後，女孩每個月就會固定產下某種物體。
那是小小的圓形魔力結晶。裡面蘊含了極高濃度的魔力。
她把這件事和自己的丈夫商量。丈夫雖然覺得有點不舒服，但也說自己不會介意。
她丈夫將那個魔力結晶帶去人族的城鎮賣掉，是在那之後馬上發生的事。
被金錢沖昏了頭……這樣說雖然很不好聽，但是也不應該責怪這名男人。
因為男人的家境絕對稱不上富裕，何況女孩也沒有工作。但是，起碼這名男子並沒有將女孩視為搖錢樹看待。
然而，事件卻在過了五年之後發生了。
丈夫死了。是被人所殺。由於他定期帶著極為昂貴的魔力結晶，因此受到人族的盜賊覬覦，遭到襲擊之後，被奪去了生命以及財產。
丈夫死去之後，女孩成為了一名寡婦。
雖說她陷入了悲傷的情緒之中，即使如此還是下定決心要堅強過活。

然而，她的身體出現了問題。那就是日漸增長的性欲。自從丈夫死後過了十天，她無法壓抑從身體深處湧上的衝動，襲擊了同村的其他男人。

儘管她明知不能如此，卻還是襲擊對方。

由於對方也算樂在其中，當時就這樣不了了之。

然而又過了十天，女孩又再度襲擊了其他男人。下一個十天後，再下一個十天後也依舊如此。

她的脫序行徑，一直持續到行為曝光，遭到村落裡的女性嚴厲譴責才結束。

女孩被逐出村落。後來的她成為妓女，甚至是奴隸，最後成為了冒險者，至今似乎仍舊徬徨於這個世上的某處。

★　★　★

「……所以，我的人生大概是像這種感覺。」

我一大早起來第一件事，就是聽艾莉娜麗潔說著這些話。

「其實妳不需要講得這麼詳細啦……」

說實話，我聽了這些話之後反而感到困惑。原本我只求能了解詛咒的事情。

然而，艾莉娜麗潔卻毫無隱瞞，一五一十地告訴了我。

「算是至今一直瞞著你的賠罪。」

「……那個，克里夫知道這件事嗎？」

「當然，我在結婚典禮之前就跟他提過了。」

「這樣啊……那希露菲呢？」

「希露菲並不知情。自己的祖母是蕩婦什麼的，她也不會想知道吧。」

「我認為希露菲應該不會介意這種事情……」

「魯迪烏斯，我也要拜託你，請你別因為聽到這些話，就以用奇怪的眼光看待希露菲。那孩子雖然流著我的血，但只是個普通孩子。」

「那是當然，我就是這麼打算的。」

艾莉娜麗潔是艾莉娜麗潔，希露菲就是希露菲。

但是，既然有著這樣的過去，那也不難理解為何艾莉娜麗潔不向希露菲表明自己是她的祖母，也不打算提及自己的過去。

不管是誰，都不希望被人用有色眼光看待。

過去的事情都過去了。像我也有不想要和其他人表明的過去。尤其是前世的事，儘管那是我無法逃避的過去，但只要我一個人知道就行了。

「那麼，到頭來艾莉娜麗潔小姐的詛咒具體來說是什麼？」

「會在身體裡面積蓄魔力，當接受男人的精液時就會結晶化。如果不接受男人的精液就會導致魔力過於膨脹進而死亡，大概是這種感覺吧。」

「但是，起初的幾年不是沒有問題嗎？」

「關於這點我自己也不是很清楚……當時，我還沒有經歷每個月會來一次的那種事，說不定與這件事有關。」

「每個月會來一次……」

既然和月經有關，表示那個魔力結晶是由卵子變化而來的嗎？

那麼，這和塞妮絲的詛咒應該是不同的東西吧。塞妮絲已經生了兩個小孩。儘管我沒有問過莉莉雅詳細狀況，但她應該才三十五歲左右，這方面的功能應該沒有任何問題，依然正常運作。

「結果妳的記憶還是沒有恢復對吧？」

「嗯，到現在也還沒有。」

「……」

沒有恢復記憶……是嗎？意思是沒辦法知道艾莉娜麗潔究竟是什麼人。

儘管有一天突然想起的可能性也並非完全沒有，但既然經過兩百年都還沒想起來，事到如今恐怕也不可能再突然想起。

「但是塞妮絲的狀況，和『女孩』當時有一點不同。就我的觀察看來，她好像能區分自己的兒子和女兒。說不定還是有可能恢復記憶。」

「如果是那樣就好了。」

像這種期望性的觀測，還是不要過於樂觀比較好。

「那關於詛咒方面，妳怎麼看？」

「目前看來，並沒有和我相像的徵兆。」

「我也這麼認為。」

「我想，她應該是受到了和我不同的詛咒。」

「是這樣嗎？」

「這種可能性很高。你有什麼頭緒嗎？」

頭緒、頭緒……嗯——好像有又好像沒有……

「……沒有呢。」

「這樣啊，但是千萬不能大意喔。」

意思是這種詛咒雖然不會突然致死，但也不清楚會因什麼契機發動對吧。

「結果，意思是我們現在只能暫時觀望對嗎？」

「是呀。」

儘管我不會做希望性的觀測，但還是會不禁祈禱不要出任何狀況。

「我所知道的，大概就是這些了。對不起。因為我有很多事情不想坦白，所以遲遲沒有告訴你。」

艾莉娜麗潔這樣說完後，低頭致歉。

我很清楚不想提及自己過去的心情。不如說，我自己也覺得沒能向希露菲和洛琪希坦白前世的事情，對她們感到歉疚。

雖然很遺憾她沒有向我據實告知，但也不會因為這樣就對自己的錯誤視而不見，一味向對方發怒。

「不，明明是這麼難以啟齒的事情，妳還是願意告訴我。謝謝妳。」

我向艾莉娜麗潔伸出手。她回應了我的動作，雙手緊緊相握。

「那麼，我要回克里夫那邊去嘍。」

「我要稍微再休息一會兒，等等再去七星那裡看看狀況。」

「是嗎，那我先告辭了。」

艾莉娜麗潔這樣說完後便離開了房間。

到頭來，我還是沒搞懂塞妮絲身上的事。唯一釐清的，就是她中了詛咒的可能性很高，以及目前尚未引起任何問題。

就先做好準備，以防今後要是發生什麼事能夠馬上應對吧。

吃完早餐後。

我在空中要塞的某間房內的長桌旁坐下。坐在我旁邊的，有七星、克里夫，再往旁邊則是札諾巴，坐在我對面的是空虛的希瓦莉爾。

她具有一對黑色翅膀，是佩爾基烏斯的部下。

「那麼，請容我開始上課。」

七星之前曾提過會向佩爾基烏斯學習召喚魔術，看來她設想周到，讓我們也得以參加這堂課程。

課程本身似乎是從最基礎的東西開始，教師不是佩爾基烏斯。聽說要等到更為應用的部分才會由他親自授課。他現在八成在和愛麗兒喝茶聊天吧……糟糕，現在得先集中精神聽課。

「那麼，首先我要統一各位的認知。請問召喚是什麼呢？」

空虛的希瓦莉爾提出發問。

「請那邊那位……」

「我叫克里夫。克里夫・格利摩爾。」

「那麼，克里夫，請你回答。請問所謂的召喚是指什麼呢？」

所謂的召喚魔術分為兩種。

第一種是附加。

那主要是與製造魔道具有關。換句話說，就是描繪魔法陣的技術。那是克里夫的主修領域，在魔法都市夏利亞也可以學到大量相關知識。

另一種則是召喚。

就是將存在於這世上某處的生物召喚出來的魔術。從構造極為單純的生物，乃至貓狗這種具有高智能的野獸。或是被人馴服的乖巧魔獸。哥布林或是魔木這種低智能的魔物。或者是喚出存在於這世上某處的精靈。這套魔術非但在魔法都市夏利亞沒有教師可以指導，就連魔術公會也只有幾名能駕馭初級水準。

不知道是不是由某個國家獨占了這個技術，總之魔法都市一帶並沒有教導這類魔術。

到此，就是我所知曉的知識。

克里夫似乎和我有相同的認知，回答的答案和我大同小異。

「……這是錯誤的。」

對此，希瓦莉爾搖頭否定。

「確實，魔法陣對召喚魔術來說不可或缺。然而，並不能因此就將描繪魔法陣的技術稱為召喚。」

「這麼說來，能稱為召喚的魔術，就只有後者而已嗎？」

我反問她所提出的問題。這個感覺，讓我回想起洛琪希教導我魔術的時光。

「是的。但是召喚的確是分為兩種沒錯。」

「妳的意思是，另外一種不是『附加』嗎？」

「正是如此。」

希瓦莉爾用柔和的聲音說明，但是既沒有特別使用教材，也沒有使用黑板，因此我們只能拿羽毛筆在預先準備好的紙張上將所學抄下筆記。

確實很有上課的感覺。

「召喚分為兩種。一種稱為『魔獸召喚』，另外一種則稱為『精靈召喚』。」

我在筆記上記下「魔獸召喚」和「精靈召喚」。

所謂的精靈，我記得是存在於這世界的某處，卻鮮少在人前現身的存在。

我頂多也只有看過用卷軸召喚出來的光之精靈。

「請問這兩種有什麼區別？」

「魔獸召喚就如各位人族所知，是用來喚出目前存在於某處的生物。儘管基於太古的盟約，無法召喚出種族中帶有『人』字的生物，除此之外，只要是存在於這世上的所有生物都可以透過此類方式召喚。」

所有生物。舉例來說，就連龍之類的都能召喚嗎？

「所謂的太古盟約是指？」

「是當召喚魔術在這個世上誕生之時，就已經立下規定的盟約。魔術內容無法違反這道盟約。」

不可以召喚人……不過真的沒辦法嗎？

那麼用轉移把人傳送，和用召喚把人呼喚出來，這兩者之間又有什麼不同？

算了，現在得先打好基礎。這部分的問題等課程有進展再好好問問吧。

「不好意思，請繼續吧。」

「好的。魔獸召喚無法召喚出比自己的魔力更為強大的對象，就算順利辦到，也會有無法控制的可能性。」

話說起來，以前讀過的書上也寫過這件事。

是《希格的召喚魔術》來著嗎？

上面提到主角召喚出自己的力量無法駕馭的存在，結果被活活咬死。因為我只有魔力過人，應該什麼都有辦法召喚，但對方是否服從我就另當別論。算了，反正我也沒打算召喚什麼厲害的傢伙。基本上，目前家裡就已經有三隻寵物了，似乎沒有必要再另外召喚什麼。

「話說起來，能召喚的只有生物而已嗎？」

「是的。這套魔術無法召喚死者。」

「我不是那個意思，是指物品，比方說……現在有辦法召喚我家裡面的衣服嗎？」

「那是不可能的。」

意思是我沒有辦法召喚洛琪希的內褲。

不對，先等等。七星就能成功召喚出寶特瓶。表示那並非完全不可能。應該視為目前在這個世界並不存在那樣的技術比較妥當。

而且，佩爾基烏斯看到了七星的研究，要進而確立這樣的技術。

原來如此，難怪佩爾基烏斯會協助七星。

「我可以繼續說下去了嗎？」

「啊，好的，對不起。打斷妳的話那麼多次。」

「不會，會提問就是熱心學習的證據。」

希瓦莉爾緩緩地點頭，繼續上課。

「所謂的精靈召喚……就是創造精靈的魔術。」

「創造？意思是製作精靈嗎？」

「沒錯。這種魔術會消耗召喚者的魔力，製作出具有某種能力的精靈。那就是精靈召喚魔術。」

換句話說，我從七星那收到的卷軸。從那裡面出現的光之精靈是由我製作出來的？

「雖然不高，但精靈擁有智能，在魔力消耗完畢前，都會遵從召喚者的命令。」

「那是指絕對服從嗎？」

「……不，只要特別製作不須服從的魔法陣，也有可能誕生出自由的精靈。」

因為是自己製作，所以一切都任憑自己發揮的意思嘍。

是不是和程式設計有點相像啊？

奇怪？和程式設計相像，感覺好像曾在哪聽過類似的話……

「這樣不是很奇怪嗎？」

克里夫發出不滿的聲音。

「你們這些佩爾基烏斯大人的僕人，是在四百年前就召喚出來的精靈吧？但你們不僅智能高，又一直不會消失，這樣不是很奇怪嗎？」

喔喔，真不愧是克里夫，這問題真是一針見血。

希瓦莉爾也露出滿意的表情點了點頭。

「問得好。佩爾基烏斯大人的祖先，『初代甲龍王』大人留下了能製作具有高度智能又擁有強大力量的太古十一精靈的方法。原本如此強力的精靈只能維持一天左右，但佩爾基烏斯大人居然開發出能維持好幾百年的術式！」

她的表情非常引以為傲。不過我可以理解她驕傲的理由。能夠讓原本只能維持一天機能的精靈永久動作。簡而言之就是永動機。永動機無論在哪個世界都是很驚人的發明。

嗯？等一下，太古十一精靈？是不是少一個啊？

「不是十二嗎？」

「是的。因為我並非佩爾基烏斯大人的精靈。」

「妳不是嗎？」

「是的。我是在拉普拉斯戰役時受佩爾基烏斯大人所救，從那之後就一直侍奉著他的一介天人族。」

天人族。也對，畢竟有翅膀的人只有她嘛。

如果要把其他人比喻為僕人，那她就像是心腹吧。

或者是戀人……不對，怎麼可能。不能把所有事情都和男歡女愛扯上關係。

「那麼，我們要學習的是？」

「各位將以魔獸召喚為中心學習。但是佩爾基烏斯大人認為異世界召喚與精靈召喚相近，我想多少也會接觸一些。」

意思是兩種都能學到嘍？

真期待。要是能召喚出世界各地的魔獸，開一個動物園之類的說不定也頗有意思。

「剛才提到的精靈召喚，可能的話希望能詳細地教導本王子。」

「我也對精靈召喚有興趣。」

札諾巴和克里夫似乎也對精靈召喚感興趣。

啊，對了。我想起來了。程式設計，是自動人偶的核心。當初看到那個後，就覺得和程式設計很相像。

換句話說，只要學習精靈召喚，說不定就可以完成那具人偶。雖說我不認為狂龍王卡奧斯無法完成的創舉，會讓我們這麼簡單就辦到，但肯定會派上用場。

畢竟不管什麼知識，都無法預測會在什麼時候派上用場。

「那麼，我先從魔獸召喚的基礎開始講解。首先請各位觀看這邊的魔法陣——」

當我胡思亂想時，希瓦莉爾已經開始教導我們學習召喚術的基礎。

畢竟有關描繪魔法陣的方法我比另外三人略遜一籌，很有可能變成吊車尾。

如果當初不是都交給別人，自己也學習魔法陣的基礎就好了。算了，現在開始也不會太遲。鑽研知識永遠都不嫌晚。

基本上，我在這個世界也才十八歲呢。

看看札諾巴。那傢伙在入學時就已經二十五六歲了，即使如此仍舊努力鑽研製作人偶的技術，我也得向他看齊才對。

話雖如此，按照目前的狀況我肯定會是吊車尾。

在上完這堂課之後，應該要好好地複習跟預習一下。

「話說起來，各位，差不多快到午餐時間了，如果有什麼想吃的餐點，還請儘管吩咐。」

隨著希瓦莉爾這一句話，當天的課程到此告一段落。

中餐。

昨天招待我們享用的是阿斯拉王國自古流傳的鄉土料理。

有將肉丸和芋頭一起熬煮的料理、香草湯，以及添加了大量小麥以外穀物的雜糧麵包……諸如此類。

和平常在魔法都市夏利亞吃的料理其實大同小異，和這座城堡的外觀相較之下顯得質樸，但味道樸素美味。

不過，認為這是自古相傳的只有我們，對佩爾基烏斯來說，提到阿斯拉王國的料理好像就會想到這個。算是從四百年前就有的道地料理。

我記得曾在什麼地方讀過，戰亂時代會讓技術進化，和平盛世則是會讓料理進化。證明在這四百年來，阿斯拉王國的飲食文化也產生了很大的變化。

雖說餐點是分別送到每個人的房間，我還是和希露菲一起享用。就算是再怎麼豪華的房間，一個人用餐還是會讓人覺得寂寥。

明明在前世的時候從來都沒這麼想過，我也改變了不少呢。

雖說早餐還是一個人吃，但那也無可奈何。

好啦，儘管之前用餐時的狀況如此，但中餐似乎會幫我們準備想吃的餐點。只要由光速的跑腿專家阿爾曼菲幫忙採買，想必全國各地的食材都是手到擒來。

不對，乾脆麻煩他到餐廳點餐再外帶回來如何？真是方便的外賣服務。

「那麼，也可以幫忙準備米里斯的料理嗎？」

「哦，那麼本王子想吃西隆的料理。」

克里夫和札諾巴都要求自己故鄉的鄉土料理。不管怎麼說，他們也很思念故鄉吧。

「明白了。我這就去準備。」

戴著面具的希瓦莉爾發出柔和的聲音答應了他們的要求。

「什麼都可以。」

七星這樣說道。看來她似乎還沒注意到，這可是機會啊。

我是能掌握機會的男人，要最大限度利用機會，某個紅色的蘿莉控也曾這麼說過。（註：出自《機動戰士鋼彈》，紅色彗星夏亞對自己的妹妹雪菈說過的台詞）

「請問您知道將新鮮的鮮魚放在用醋浸過的白米上，加以握緊製成的料理嗎？」

「咦！有嗎？」

聽到我這句話，七星的表情猛然開朗了起來。然而希瓦莉爾卻搖了搖頭。

「不，儘管這裡隨時備有白米，但我並不清楚那道料理。」

七星頓時大失所望。

不過我卻感到開心。只要有米的話，不管什麼食材都可以活用為一道菜餚。

「那麼，請問將小麥粉用打好的蛋汁和冰水緩緩攪和，再裹在蝦子、魷魚和蔬菜上用高溫熱油油炸的料理呢？」

「我不曾聽過。不過倒是有小麥粉和雞蛋……」

原來有雞蛋啊！意思是可以久違地吃到之前那個了！

話雖如此，果然沒有 SUSHI 和 TENPURA 啊。

換句話說，八成也不會有 SUKIYAKI。用味醂、砂糖以及醬油熬煮的鍋物料理。

儘管遠遠不及行家的作品，但只有材料的話，應該也可以做出類似的成品才是……

果然還是要醬油啊。我們所追求的日本料理就是要有醬油味。

「那個，請問這裡有讓大豆發酵後製成的醬汁嗎？就是被稱為醬油或者是醬的調味料。」

「在城堡裡沒有。」

在這個世界果然沒有啊。

「不過，我曾聽說在畢黑利爾王國會使用那種醬汁。我命令阿爾曼菲去找看看吧。」

「！麻煩您了！」

我才不管阿爾曼菲會有多辛苦。

既然對方都願意幫忙找了，當然求之不得。

一個小時過去，還是沒找到醬油。

只有一個小時，那就算有可能找到的東西也會找不到。畢竟待會兒就要開始煮飯了，是在這種時候才提出請求的我不對。

我們沒有找到醬油。

但是相對的，阿爾曼菲居然帶了其他東西回來，一種紅褐色的食材。

那是將大豆發酵後製成的食材，在這邊的世界被稱為「豆腐」。但是我決定將那個食材稱為「味噌」。

因為就是味噌啊。

畢黑利爾王國……我記得是位於中央大陸東北方的國家。味噌和醬油可說是密不可分。說不定在這個國家也有機會找到醬油。哪天就去一趟吧。

就算過了十年甚至是二十年，只要有機會一定要去拜訪一下。

噢，這件事先放到一邊。

現在既有米也有味噌。所以我請他們幫忙準備了白肉鮮魚。

儘管沒有蘿蔔泥和生薑，但是有檸檬。雖然也想要醃菜，但是不存在的東西再怎麼要求也沒用，也只好作罷。

依照現有的材料，盡我所能地將調理方法告訴希瓦莉爾。

「請問像這樣的東西可以嗎？」

過了一會兒後端出來的，是熱騰騰的白飯，以及冒著騰騰熱氣的貝類味噌湯。

然後，還有烤得恰到好處的白肉魚以及檸檬。

這些總共兩人份。另外一份是為了七星準備的。我這份還有附生雞蛋。

「果然，偶爾還是想吃到這樣的料理呢。」

「…………嗯，也對。」

儘管外觀看起來是非常完美的組合，但七星看起來還是一臉不悅。

只有外表的日本料理果然無法讓她滿足嗎？算了。反正和日本的味道肯定相去甚遠。就算是依樣畫葫蘆，只要能品嚐味道也是種樂趣。

「那我們雙手合十吧。我開動了。」

「……我開動了。」

她皺著眉頭，用湯匙和叉子開始吃了起來。

七星臉上掛著一種不甚好吃的表情，用叉子挑掉魚骨，擠了檸檬後，將魚肉放進嘴裡。接著用湯匙舀起白米送到口中，反覆咀嚼。將盛著味噌湯的白色瓷器拿到嘴邊，啜了一口。

然後，低喃著說道：

「這個味噌湯，湯頭根本就沒有好好熬過嘛……」

她的瞳孔溢出了斗大淚珠。一邊哭泣，一邊不停地吃著。

事實上，飯菜的確稱不上美味。不僅米飯乾乾巴巴，味噌湯也有點過鹹。魚肉本身美味卻略帶腥味，和檸檬不太對味。

整體菜色搭配起來實在差勁，根本稱不上美味。在我們記憶裡的日本料理，應該更為精緻才是。

然而，七星的手沒有停下，眼淚也流個不停。

她就這樣默默地繼續吃著，沒過多久就吃完了。

「……我吃飽了。」

最後聽到這一句話，我也感到心滿意足。

後來，下午的課程結束。

召喚魔術的課程十分有趣，或許該說是希瓦莉爾教得好吧。

雖說今天並沒特別教到什麼，但接下來我應該會慢慢跟不上進度才對。必須趁現在好好預習才行……

我這樣想著，卻在上完課之後在空中要塞裡面四處閒晃。

簡而言之，就是探險。

空中要塞裡面大得誇張，短短一兩天根本無法把全部的場所繞過一遍。如此巨大的建築物居然漂浮在空中，讓我重新對這件事驚嘆不已。

當我這麼想著時，發現前方有兩名男子。

是札諾巴還有克里夫。

看來他們兩人似乎也是上完課後正在探險……咦？奇怪？怎麼沒約我一起？難道說我被排擠了？

「札諾巴還有克里夫學長，你們倆在做什麼啊？」

與其要飯匙倩，我還寧願當貓鼬。我抱著這樣的想法靠近了他們。（註：排擠日文音同飯匙倩，貓鼬則是飯匙倩的天敵）

「師傅。其實是本王子剛才在走廊上走著走著，突然被克里夫先生叫住。」

「嗯，因為我對這個有點在意。」

看樣子他們兩人好像不是一起行動。換句話說，我沒有受到排擠，感謝神明保佑。當然啦，我們既不是飯匙倩也不是貓鼬。是人類。人類是群聚的生物。只要群聚在一起就會變成地上最

強的生物。讓我們三人一起成長茁壯吧。

「這是……」

克里夫的視線前方有一道通往地下室的樓梯。看樣子空中要塞不只是將大到誇張的城堡蓋在上面，似乎還存在著地下設施。

「噢……好像很有意思呢。如果要去的話，那我也一起同行吧。」

「那是很值得信賴啦……不過……」

「有什麼問題嗎？」

「不，我只是在想擅自進去好嗎？」

「這個嘛……我也不太清楚。」

雖然主人說我們可以在城堡內自由移動。不過地下究竟有沒有歸類在城堡裡面？擅自闖入別人家的地下室真的好嗎？舉例來說，我家的地下室也有重要東西，希望不要有人這麼做。

「應該不會有問題吧？」

說出這句話的人是札諾巴。

「就去看看吧。佩爾基烏斯大人曾說，只要沒上鎖的房間就可以自由出入。因為這裡甚至連門都沒有，代表可以進出。」

「不對不對，你先等一下。有些規則雖然不會說出口，但卻是確實存在。」

世人一般將其稱為所謂的禮貌。

「是這樣嗎……嗯～」

札諾巴露出了一張百思不解的表情歪了歪頭。

因為他是王族，應該不太能理解自己家裡面不想讓人進去的房間是什麼樣的概念。

「哎呀？」

正當我們三人不知所措時，第四名人物登場了。

是七星。性情高冷的她也是人類，說不定是被群聚的氣息吸引才出現在此。

「怎麼了？」

「不，其實——」

我說明事情經過。我們莫名地在意地下室，但卻不清楚是否可以進入。

「沒問題。」

「真的嗎？」

「因為地下也是有上鎖的房間。」

「妳曾去過地下嗎？」

「是啊，以前稍微去了一下。」

她口中的以前，想必是和奧爾斯帝德一起來的時候。理解到這點，我的雙腿就微微發軟。

因為我突然覺得奧爾斯帝德會待在裡面。

「大部分的門幾乎都有上鎖沒辦法進入，但下面有個有趣的東西。」

「有趣的東西？」

「是像你們這種男生會喜歡的東西。」

感覺好久沒有被「男生」這種講法稱呼了。

七星在被召喚來這個世界前，是不是也會說「等一下，你們這些男生！」呢？雖說她應該不是那種類型。

「不然的話，我就帶你們參觀吧。」

我們面面相覷。札諾巴似乎想去，克里夫也是如此。

雖然我是有點卻步……不過也不太希望被大家排擠。況且既然七星都這麼說了，應該不會有太大危險。

「那就麻煩妳了。」

我對札諾巴及克里夫交換視線後，這樣說道。

這座天空之城，不僅是上方，就連下方也似乎十分寬廣。

不僅如此，地下似乎比地上還要來得更加複雜。

光是走下了幾層樓梯，就能看出這裡的構造宛如迷宮一般複雜。

想必上方的城堡只是用來歡迎客人，下方才是真正的要塞。

我們看著七星的背影，在這條不斷延伸的地下空間，穿過走廊一路前進。

一開始我們還會在意存在於這裡的無數門扉，一間一間地去轉動門把。

然而，幾乎所有房間都有上鎖。沒有鎖上的房間也盡是空房。

不過話又說回來，我們到底是走下了幾層樓梯啊？感覺已經來到非常下方的地帶了。

雖說是地下，但起初還是附有照明，儘管一片昏暗，還是可以看出這裡經過打掃整理，然而卻在不知不覺間就轉變為更加昏暗的潮濕空間。現在也幾乎不再看到任何門扉，只是不斷地出現岔路、轉角、上坡以及下坡那種宛如迷宮一般的通道。

當然，這裡並沒有經過打掃，偶爾還會有老鼠晃來晃去，從腳底穿過。是一種令人毛骨悚然的老鼠，眼睛還會發出綠色光芒。不過只是讓人噁心，似乎並非魔物，一看到我們的身影，就像隻老鼠一樣倉皇逃走。

看樣子，我們似乎來到真正沒在使用的區域。

然而，七星依然沒有停下腳步。

她吩咐我召喚燈之精靈，繼續往深處前進。

「唔——本王子對這種建築樣式沒有印象。既然本王子不知道，會是第一次人魔大戰之前的產物嗎？或者是……」

札諾巴不知是不是只看著內部就感到開心，他充滿活力地往深處前進。

「噯，塞倫特。我們該不會迷路了吧？」

「沒事啦。」

克里夫起先也樂在其中，然而對無法進入房內，只是一味地走在通道上的這個狀況，似乎略顯不滿。

「哎呀～真是嘆為觀止。可沒有什麼機會能來到這樣的場所。師傅，請您看看這邊的石頭排列，這種排列方式相當獨特。乍看之下只是大小參差不齊的石頭……而且還是由自然石頭搭建而成。然而，從此處位於那座巨大城堡的地下這點來想，就會覺得為何沒有坍方，實在讓人匪夷所思。石頭似乎也是這一帶不常見到的類型。儘管本王子對建築方面不大感興趣，卻依然被這座城堡的不可思議環境深深吸引。到底是為什麼……」

札諾巴看起來相當開心。

從剛才開始，每當他發現一個新奇的事物，就會發出感嘆的聲音。

「師傅，您對這個石頭排列有什麼看法？」

「我也沒那麼清楚……不對，我曾看過這種堆積石頭的方法。記得是叫算籌堆疊來著？」

「喔喔，真不愧是師傅！您居然知道啊。那請問您剛才說的算籌堆疊？是以何種理論所構成？」

「你看，這個邊角的部分。只有這裡並非自然石頭，而是將切割過的長方形石頭交錯相疊而成對吧？如此一來，就會增加邊角的強度。」

「噢，原來如此，一旦角邊的強度提高，自然就能強化全體的強度。」

沒想到居然會在這種地方見識到算籌堆疊，說不定製作這個城堡的是戰國時代的人類。不對，怎麼可能。靠堆疊石頭的方式來提高強度的建築技巧，不管在哪邊的世界都大同小異。既然這個世界盛行石造建築，想必也會有某個時代重視這種堆疊方法。

「……哎呀？」

當我們再次走下一層樓之後，有個風格與目前為止的地方有些不同的空間呈現在眼前。

眼前並非迷宮，而是在稍微寬敞的通道上，只存在一扇巨大的門扉。

門扉上面，標記著在晉見之間所看到的甲龍王紋章。

總覺得是隱藏著重要物品的房間。

「走到底了嗎……？」

我喃喃這樣說了一句。

「不對，這裡就是目的地。」

然而七星卻搖頭否定。

然後，順勢將手放在眼前的門上。

「喔……」

於是，明明七星並沒有出太大力氣，門扉卻發出「滋」的一聲動了起來。

有隻體型微大的老鼠轉眼間從我們的腳邊跑了過去。

門打開後，形成了一絲絲的縫隙，老鼠便是從那鑽出來的。

看樣子，這裡似乎沒有上鎖。

可以看出門的後方有一間寬敞的房間。在可視範圍內沒有任何一道門。這次就真的是走到盡頭了。

漂浮在空中的城堡地下深處。

感覺肯定隱藏了什麼，描繪著誇張紋章的門扉，以及在其後方的房間。

「嗯，雖然本王子已老大不小，但也著實感到興奮。」

「我也是。」

我也是。

「果然……男生就是喜歡這種東西呢……」

我聽見七星的喃喃自語。不過啊七星，妳可別誤會了。在男生裡面也有人討厭這種玩意兒，或是對這種東西沒興趣喔。不過我是喜歡啦！

「……進去裡面看看吧。」

啊，克里夫的好奇心似乎已經突破極限，他快速地踏進裡面。

我默默地將燈之精靈丟入房間裡面。

「喔～」

照亮整個房間後，呈現在眼前的是一道不可思議的光景。

是壁畫。一整面牆上都畫著圖畫。

「這……！真是驚人！」

札諾巴一臉感動，直衝壁畫旁邊。

我也不由自主地湧起一股發現寶藏的感覺，跟在他後頭衝了過去。

「是壁畫啊。而且年代相當古老……」

壁畫有些地方都已破損。話雖如此，可能是因為石頭本身相當堅固，不至於損傷到無法看出上頭所描繪的內容。只是就我所知，在這個世界幾乎不存在所謂壁畫這種文化。我想到的，是前世曾看過的埃及壁畫，然而卻與那種感覺有些不同。

「實在無法判斷這究竟是多古老的物品……師傅，這說不定是大發現啊！」

「不對，我認為佩爾基烏斯大人他們應該老早就知道這個壁畫的存在。」

這個壁畫的內容實在難以說明清楚。

不過，上面所描繪的應該是一則故事。

所有的畫上都描繪著一名充滿特色的人物。這幅畫給我的印象，就像是將那名人物所看到的，所體驗過的事件，以繪畫的方式留存下來。

只是，畢竟場景和狀況都是用畫詮釋，實在難以理解要表達的內容。

有著倒立的群山、擁有翅膀的人們、受到人們尊崇，疑似國王的人物、群聚的眾人、交錯翱翔的龍群、緊緊相依的兩人和一個小孩、倒在地上的人、哀嘆的國王、瘋狂的國王、商談某事的眾人，站在眾人背後的一道不祥的影子……然後還有最後一個，恐怕是代表著這則故事結局的畫像，然而卻只有這幅畫才剛畫到一半，無從得知畫像的內容。

「……總覺得，這則故事好像曾在哪看過。」

「我也是。不過會是什麼啊？」

「嗯——」

當我們三人歪頭表示不解時，從後方傳來了「嘰」的一聲。

回頭望去，是阿爾曼菲，以及一位有著銀髮，充滿威嚴的人物站在那裡。是佩爾基烏斯。

「你們在這種地方做什麼？」

「參見佩爾基烏斯大人。」

由於札諾巴跪地行禮，我和克里夫也倉皇照做。

從腋下偷偷望去，我這才發現七星站著不動。快找人來教這傢伙禮儀規矩啊。

不過，我們這邊才想問他怎麼會來這種地方。他果然是因為我們擅自闖入在生氣嗎？說不定是為了教訓我們才來的。

「行了，起來。」

我們慌張地挺起身子。

「哎呀，我等四處觀看這座出色的城堡，居然就在這種地方迷路了。但是，真不愧是佩爾基烏斯大人的空中要塞。實在沒想到就連這樣的場所，都會有讓人內心如此雀躍的作品。」

札諾巴滔滔不絕地說出阿諛奉承的台詞，我也在旁邊嗯嗯連聲點頭。

像這種時候的札諾巴實在很可靠。因為這番話恐怕並非客套，而是出自真心。

「不過，看來我等被好奇心驅使，做出了非常放肆的舉動。雖說有七星大人幫忙引路，認為沒有上鎖的場所便不成問題，才會在不知不覺之間過於深入內部。」

「無妨……唯有這幅壁畫，並非吾基於興趣擺放的收藏。」

七星露出了一副「看吧」的表情。

「您的意思是？」

對於這個提問，佩爾基烏斯轉身面對牆壁，宛如在回顧遙遠的過去。

「在得到這個空中要塞時，內部幾乎已是空無一物。儘管留有存在過某物的痕跡，但物體本身已全部風化，崩壞消滅。」

佩爾基烏斯這樣說完，望向了牆壁。他瞇起眼睛，用手滑過牆上壁畫的一部分。

「留下來的，就只有這幅壁畫。只有這幅壁畫，和現在一樣，幾乎留存著原原本本的模樣。即使其他物品化為塵土，唯有這個始終如一。」

「嗯……」

「吾在這個物品上理解了先人的想法。唯獨此事，必須傳達給後世知曉。」

佩爾基烏斯這樣說完，轉向我們這邊。

「因此，吾才不將這房間上鎖。既然有人為了看這幅壁畫而造訪此處，那麼吾也不會拒人於千里之外。不過，至今從未有過這樣的人出現。」

「原來是這樣。幸好我等並未做出無禮之舉。本王子並未追求這樣的壁畫，然而，想到這幅畫是某人遠從太古之前就打算留存到未來……實在是讓人感受到一股強烈的冒險情懷。」

「吾也希望這麼認為，但實在不喜歡這幅壁畫。總覺得這幅畫讓人窒息、鬱悶，甚至令人不快。」

「人的喜好千差萬別，像這樣的事也是在所難免。不過，既然您都這麼說了，那更不應該在這樣的房間久留。而且，一旦像本王子這種不懂得控制力道的蠢材粗心觸碰壁畫，導致壁畫的一部分崩壞，那也並非好事。」

札諾巴這樣說完後，將視線朝向入口處。

這是在暗示我們該回去了對吧。

「哼。阿爾曼菲，帶這些傢伙回去。」

「是！」

於是，我們在阿爾曼菲的帶領下回到了地上。

然而，佩爾基烏斯卻沒有一起跟來。

他可能對那幅壁畫有什麼想法，暫時逗留在那房間好一陣子。

之後，我們幾個解散，沒有出任何意外就回到了自己的房間。

時間是晚上，在前往地下的這段期間，太陽已經下山。這一天結束了。

話說，不知道七星學習召喚魔術需要花幾天？

學校那邊只要有出席班會，其他時間要怎麼休息都不成問題，但是家裡那邊，我不想要離開太久。況且我也很在意露西還有塞妮絲的狀況。

算了，現在就先處理眼前的事情吧。塞妮絲那邊也只能先觀察狀況，露西也有莉莉雅在好好幫忙照顧。當下我該做的，就是預習並複習召喚魔術。

叩叩。

當我從放在沙發上的行李中取出筆記時，一陣敲門聲響起。

「魯迪，你在嗎？」

沒有等我回應就打開房門的人是希露菲。

她一看到我的身影，就毫不客氣地踏進房門，一屁股在我身旁坐下。

然後，吐了一口氣。我拿起旁邊的水壺，將水倒進杯子以後遞給她。

「辛苦了。」

「謝謝。」

希露菲接過杯子，咕嘟咕嘟地將水一口飲盡。

「呼～」

看樣子她相當疲憊。

「愛麗兒大人那邊怎樣了？」

「嗯——這個嘛。稍微有點難度呢。」

「這樣啊。」

「因為，佩爾基烏斯大人不怎麼認真聽愛麗兒大人說話。」

為了將佩爾基烏斯拉攏進自己的陣營，愛麗兒似乎向他說明了各種加入己方的優點。

只要自己當上國王，就可以冊封他為貴族，或是贈予阿斯拉國內的領土，在買賣商品時可以享受特別待遇云云。

然而，佩爾基烏斯理所當然地將這些視為無用之物捨棄。

「會這樣也是當然的啦。」

「是這樣嗎？」

「因為，佩爾基烏斯大人就是因為對那種東西不感興趣，甚至是打從心底厭惡，才會住在這種地方吧。」

「咦？佩爾基烏斯大人不是說過，是因為方便阻止魔神復活，才會索性住在這裡嗎？」

希露菲歪了歪頭表示不解。佩爾基烏斯曾說過那種話嗎？不過這應該也是其中一個理由吧。

「我不是那個意思，如果他想得到權力，應該會處於與此相符的立場。畢竟他可是拉普拉斯戰役的英雄啊。況且希瓦莉爾也曾說過，他討厭阿斯拉王宮那種死板的風氣，用那種獎賞去吸引他只會有反效果吧。」

像這座城堡也是，如果他想的話，想必隨時都可以從這裡離開。

然而他卻隱居在此。一定有他的理由。

「這樣啊，說得也是。這表示愛麗兒大人也很焦急呢……嗳，魯迪。你覺得該怎麼辦才好？」

「妳問我該怎麼辦……」

那種事情我怎麼可能會知道。

不過，我認為愛麗兒跳過了某些必要的流程。

一般來說，應該要先和對方打好關係。等到交情變好之後再開口拜託。如果對方面有難色，這時再提出交換條件。我認為處理事情應該要像這樣循序漸進。

愛麗兒的領袖魅力很高。所以，說不定她以前都沒有經歷過和對方打好關係的這個步驟，就成功拉攏對方成為伙伴。

因此，一旦遇上自己的領袖魅力不管用的對象就會傷透腦筋。

不管是對七星，還是對佩爾基烏斯。

或者我也是其中一人。我是想為希露菲圖個方便，但卻沒怎麼想過要為愛麗兒做些什麼。

「首先，不是應該和佩爾基烏斯大人打好關係嗎？」

「打好關係？」

「對，像是問他的興趣啦，還是從前的武勇事蹟。」

「興趣和武勇事蹟嗎？」

「把札諾巴一起帶去或許也不錯。因為在我們之中，最受佩爾基烏斯大人中意的大概就是那傢伙了。」

札諾巴負責和佩爾基烏斯製造閒聊的話題，愛麗兒從旁附和。

搞不好這樣也會起到成效。

「嗯——我知道了。我去轉達給愛麗兒大人看看。」

「可別太當真喔。因為我也有可能出錯。」

「呵呵，謝謝你的建議。」

說完這句話，希露菲在我的臉頰上親了一下。

嘴唇柔嫩的觸感，把我打算用功的心吹得一乾二淨，激起了我心中的邪念。

就這樣抱起希露菲，將她帶到床上生個第二胎……這樣的想法閃過腦海。

不行不行。不能被一時的衝動牽著走。我接下來得念書。所以，只要讓她稍微讓我摸一下屁股就能忍耐——不對。

「話說起來，魯迪你那邊過得怎樣？」

「嗯——這個嘛，還過得去啦。」

我封印色情魔神，並將今天發生的事情告訴希露菲。

像是塞妮絲的詛咒、召喚魔術、和七星吃飯，以及在七星的帶路下前往地下探險。

「……魯迪，你對七星非常溫柔呢。」

把今天的事情聽過一遍之後，希露菲顯得有點不悅。

果然和其他女人兩個人單獨吃飯或出門是ＮＧ行為嗎？

雖說不管吃飯還是探險的時候，札諾巴還有克里夫也在場……說不定是我不應該特別為七星準備飯菜。

糟糕，現在必須要討好希露菲才行。

必須告訴她，比起七星，我更是對妳墜入愛河。

「呃，希露菲葉特小姐。」

「什麼事？」

「請問我可以緊緊抱住妳嗎？」

說完這句話後，希露菲很不高興地鼓起臉頰，把頭轉了過去。

「魯迪，你每次都馬上像這樣試圖討好我對吧？為什麼？是因為你做了什麼虧心事嗎？」

奇……奇怪？今天的希露菲有點冷淡。

是怎麼了嗎？生氣了嗎？以往的話應該會比較……該怎麼說呢？咦？

是倦怠期嗎？畢竟也快要三年了嘛。三年之癢啊。

不對，年數什麼的根本不重要。該怎麼辦？不妙，該怎麼辦？

「開玩笑的，對不起。因為你談論七星時看起來一臉開心，我只是想稍微捉弄你而已。」

希露菲吐了吐舌頭，緊緊地抱住了我。

而我也抱了回去。雖然纖細，卻溫柔又柔軟。是一如既往的希露菲的觸感。

我說不定是做了會讓希露菲討厭的事情沒錯，但我可不希望被她討厭呀。

不過這想法實在矛盾……今後還是真的小心點吧。

「可是，為什麼你會那麼在意七星呢？」

「嗯——……因為我稍微知道那傢伙的故鄉吧，所以才會想要助她一臂之力。啊，不過那並不是愛情之類的……」

「呵呵，是嗎是嗎？」

聽到我這近乎藉口的說詞，希露菲一邊笑著，同時摸了摸我的頭。

接著，輕輕地拍了我的背後，快速把手放開。

「好啦，那我要回去愛麗兒大人那裡了。魯迪也要加油喔。」

「噢……嗯，希露菲也要加油啊。」

真糟糕啊。原本還以為一切進展順利，卻在不知不覺間讓希露菲累積了不滿。不行啊。這樣子可不行。

果然還是得和七星保持一定的距離嗎？不應該做太多會讓那傢伙開心的事情嗎？唔——

「咦？」

當希露菲神采奕奕地打算離開房間，打開門之後卻杵在原地不動。

此時我發現七星站在門口。

「對不起，雖然我……不想要打擾你們……咳……咳……」

她用力地咳嗽，按住胸口與喉嚨，表情看來十分痛苦。

「對不起。我……聽到你們的談話。咳……我也……不打算和魯迪烏斯發展成那種關係，放心吧……咳……」

「呃，嗯。先別說這些了，那個，妳還好嗎？」

「不要……咳、咳！」

七星的身體狀況看起來前所未有地差。咳嗽的方式也像是有什麼卡在喉嚨般，讓人感到不安。

「從剛才、就稍微、覺得咳得有點嚴重……咳……咳……想請人幫我解毒，所以去了克里夫那一趟，但他們好像正在忙，所以就來找魯迪烏斯……可是，如果會讓妳誤解我和魯迪烏斯的關係，那我今天就忍耐一下，明天再找克里夫。」

「不，沒關係，不要緊啦。妳不用那麼介意……」

眼看七星匆匆忙忙地想要轉身離去，希露菲抓住她的肩膀。

「呃，那我來施加解毒魔術吧。不過要是效果不佳，或許還是請克里夫幫妳用上級魔術比較好。」

「謝謝妳，那就拜託了……」

「知道了，那總之先交給我吧。」

希露菲把手輕輕地放在七星的脖子。她能以無詠唱方式使用解毒魔術。

這是我始終無法辦到的技巧。不對，我應該還有那種可能性。

「咦？」

當我這麼想時，希露菲不解地搖了搖頭。在下一瞬間，七星劇烈地咳了起來。

「咳……咳……」

「咦？總覺得，好奇怪？魔力好像……咦？」

希露菲歪頭表示不解，同時把其中一隻手搭在七星的肩膀上。

在她這麼做的期間，七星咳嗽得越來越厲害，變得更加嚴重。

「喂，妳沒事吧？」

聽到咳嗽聲音感到不安的我出聲搭話，就在那一瞬間，七星摀住嘴角。

「嗚……咳噗！」

啪的一聲。

「咦？」

有血塊掉在地板上。

「喂……喂！」

「……」

七星看著自己的手，愣在原地不動。

然後就像是在表示「這是什麼」似的，緩緩地將掌心朝向我。

她的手掌，已被鮮血染成鮮紅一片。

隨後，七星的膝蓋一軟，昏倒在地上。

「咦？為什麼？」

目瞪口呆的人不只是我。希露菲也同樣愣在原地不動。

「剛才……總覺得，七星的身體裡面……為什麼？咦？」

臉和手上都沾著鮮血的她，俯視著倒下的七星。

她的臉色蒼白。我情急之下趕向她的身邊。

「希露菲！」

我脫口呼喊名字，聲音卻是氣若游絲。

希露菲的身子渾身顫抖，帶著驚恐的眼神退後。

「不……不是的！不是我。我沒有做這種事！」

希露菲退到房間的角落，我一語不發地追了上去。她的背部猛然撞上牆壁，察覺到已無路可退，緊緊地閉上雙眼。

「我剛才確實說過那種話，但那個……只是想要稍微捉弄你一下……所以，我……我不會做出這種事！」

我從口袋取出手帕，用魔術製作熱水浸濕，用盡可能緩慢的動作，擦拭沾在希露菲臉上的血跡。

「咦？」

然後，也擦掉沾在她手上的血漬。患者的血液是病原體的寶庫。儘管我不認為光是擦掉能起什麼作用，但就這樣沾著血跡也不是件好事。

希露菲毫無抵抗地接納這一切。

「不要緊，希露菲。我有好好看在眼裡。這不是妳的錯。」

「嗯……嗯。」

我很冷靜。看到希露菲驚慌失措，反而讓我能保持冷靜。我應該已經習慣了。大概。

「不要緊，希露菲沒有做錯事。七星從之前就身體不好。懂了嗎？」

「嗯……」

「這次是時機不對，正好遇上了她狀況最差的時候。絕不是因為希露菲做錯了什麼。」

「……嗯……嗯。可是，總覺得，我剛才要使用魔術時，從七星體內傳來奇怪的感覺，解毒的魔力，完全沒辦法流通……不僅如此……感覺，還膨脹了起來……」

七星的嘴巴和鼻子流出鮮血，失去意識躺臥在地。狀態十分危險。

希露菲依舊陷入混亂，還是讓她冷靜下來比較好。不對，正好相反。給她一點事做會更好。

對於陷入混亂的人，最好還是給予一個明確目標行動。

「聽好了，希露菲。麻煩妳幫我去找克里夫或是佩爾基烏斯大人，總之先叫人過來。」

「叫……叫人？」

「我要觀察七星的狀況，先做好應急處理。希露菲就趁這段期間去找人來幫忙。辦得到嗎？」

「辦……辦得到。」

希露菲的眼神重新對焦。接著她急忙衝出門外，一個箭步飛奔出去。

雖說她應該也經歷過許多危機場面，但是突然有熟人在眼前口吐鮮血，還是會嚇到吧。更何況是在自己觸碰了對方之後。

就算再怎麼嫉妒，希露菲也不會做出那種事，這點我也十分清楚。

不過希露菲也有滿衝動的時候……不對不對，不會的不會的，不可能。

「好。」

我放棄思考，轉頭面向七星。

雖說要做應急處理，但我能辦到的事情其實不多，總之就盡力而為吧。

自從七星倒下之後已經過了三天。

但她的意識始終沒有恢復。吐血的原因也依舊沒有查明。

後來希露菲去尋求救援沒過多久，阿爾曼菲立刻就趕到現場。

他確認七星的狀況之後，立刻幫忙把人送到了醫務室。

我則是在這段期間召集其他成員，說明事情經過。

由於七星身體不適，幫她施加解毒魔術之後，她突然吐血倒地。現在正在醫務室接受治療。

老實說事情來得太過突然，連我也無法理解狀況，我轉達了這些的內容。

其他成員雖然一片混亂，也姑且接受了這個狀況。

現在，七星正交給「贖罪的尤爾茲」進行治療。

尤爾茲具有治癒能力。這種能力可以將他人的體力和健康轉移到其他人身上。

由於這和解毒魔術是完全不同理論的能力，據說就連對目前的解毒魔術無法治療的疾病，也能取得一定程度的作用……好像是這樣。

但是，他說這種能力無法一個人使用，需要有某人從旁協助。

對於這個請求，希露菲義不容辭地表示由她負責。

希露菲躺在七星的身旁後，治療開始。

然而，儘管七星失去意識，依舊露出了苦悶的表情，咳嗽也從未停止。

「卡羅旺特，如何？」

佩爾基烏斯觀察了她的狀況，命令一名屬下診察。

「洞察的卡羅旺特」。他擁有的能力可以看穿別人能力以及祕密。

甚至在這種生病的時候，似乎也有辦法看出病情。這能力就好比照X光。

這樣的他看到七星的病情後，卻搖了搖頭。

「靠尤爾茲的力量，無法完全治癒。」

「那就去書庫調查吧。」

「是！」

說完這句話後，佩爾基烏斯和他的部下開始尋找治療方法與病名。

他們似乎要去比對七星的症狀和記載在書庫的文獻是否雷同。

雖說我也自願提出協助，但是被「不想讓外部人士進入書庫這個理由」回絕。

當然，在這段期間也依舊由尤爾茲持續治療，希露菲也不曾踏出醫務室半步。

就結果來說，我變得無事可做。

當然，我也並非無所事事，就這樣虛度了三天的光陰。

我先回了家中一趟，向洛琪希說明來龍去脈。七星病倒，希露菲正在協助治療。為此，需要花一點時間才能回家。

洛琪希聽到這件事後，立刻展開行動。她代替我們向學校聯絡提出休學申請，並向家人說明事情經過。還打包票說家裡的事交給她處理即可。
我認為她比我還要來得冷靜。想必對這種狀況已經習以為常。
結果，我什麼都沒做，她就已經幫我完成必須的工作。
我向諾倫以及愛夏再次告知會遲些回來，拿了一些換洗的衣物後，就回到了空中要塞。
不過，就算我回來這裡，也無事可做。
要說我能做的，頂多也只有祈禱七星平安無事。
「……七星她能痊癒嗎？」
還有其他人和我同樣無用武之地。
那就是克里夫。城內有處類似禮拜堂的場所，他在那一心一意獻上祈禱。
「一切都謹遵米里斯大人吩咐。」
克里夫握緊雙手閉上眼睛，並這樣說道。
傷腦筋時自然會想求神拜佛，但我其實不相信神明。
我在這個世界上相信的，只有那些曾出手幫助我的人。
但是我也非常明白，現在就算向洛琪希和希露菲祈禱，甚至連安慰自己也辦不到。
「……」
我不經意地回想起以前看過的一部電影。
那是一部描寫宇宙人侵略地球的有名電影。我記得宇宙人打算以凌駕地球人科技的壓倒性

科學能力來毀滅地球。然而在故事的結尾，宇宙人的所有機械卻突然停止不動。他們對地球的感冒病毒沒有任何抵抗力，所有人都因感冒而死去。（註：指電影《世界大戰》）

七星是穿越者。

和身為轉生者的我不同。她不會變老，好像也沒有魔力，無法使用魔道具那類的物品。或許不光是沒有魔力，甚至連免疫力也沒有。

不對，如果是那樣的話，就算更早演變成這樣也不足為奇。

自從那起轉移事件，已經過了八年。

自從七星來到這個世界，已經過了八年。不該事到如今才突然發病。

「……」

那傢伙，會死嗎……

★★★

七星倒下之後第四天。我們被傳喚到圓桌之間。

在場的有除了贖罪的尤爾茲外的所有使魔，還有佩爾基烏斯。

佩爾基烏斯獨自坐在一張豪華的椅子上，其他使魔則是站在他的身後。

「請坐。」

希瓦莉爾請我們在椅子上就座，我們依言坐下。目前除了正在協助尤爾茲進行治療的希露菲外，其他六人都在現場。

「已經釐清七星大人罹患的症狀了。」

就座之後，希瓦莉爾往前踏出一步這樣告訴我們。

看來總算是搞清楚了。

「七星大人罹患的症狀，名為『杜萊病』。」

杜萊病。我從未聽過這名字。我望向周圍，果然沒有人知道。

就連在我們之中最了解疾病的克里夫，也一臉困惑地搖了搖頭。

「各位沒有聽過也是無可厚非。這是在太古從前，人們的魔力遠比現在稀少的時候才會罹患的疾病。當時，聽說有好幾名孩童一出生就不具魔力，到了十歲左右，無一例外會罹患這種疾病，因此喪命。」

姑且和七星的狀況的狀況雷同。

七星雖然不是十歲，但是來到這世界後已過了八年。然後她也不具魔力……

不管怎麼樣，至少不像是希露菲的錯。

「根據文獻記載，沒有魔力的人難以中和從體外吸收至體內的魔力，會經過十年的時間慢慢地囤積魔力……進而轉化為疾病。」

不具有魔力的人難以中和從外部吸收的魔力。

雖然我不是很明白，但意思應該是魔力也有分為益菌和壞菌吧。

具有魔力的人，可以讓體內的益菌消滅壞菌，反之沒有的人就只能放任壞菌囤積在自己體內。

雖然不清楚所謂的文獻究竟有多少可信度，但這個假設的確具有說服力。

「那本文獻上沒有記載治療方法嗎？」

「沒有。上面記載著這種病症因為人類的魔力增強，早在七千年前左右便已根絕。」

說到七千年前，應該是第一次人魔大戰的時候吧。我記得人魔大戰持續了千年之久。所謂的戰爭會促使各種事物進步。說不定人族也透過某種方法強化了自己。作為相對的副產物，根絕了這種病症，這樣想的話確實不無可能。

不過話又說回來，七千年嗎？既然是這麼久遠以前的事情，想必留下來的文獻肯定很少。搞不好光是查明病名就已經算是奇蹟。

「那麼，我們該怎麼辦？」

「停滯。」

回答我的提問的，並不是希瓦莉爾。

而是莊重坐在椅子上的佩爾基烏斯。

「使用時間的斯凱刻特的力量，停滯七星的時間。」

佩爾基烏斯這樣宣言後，一名男子站了出來。那名男子戴著嘴巴部分突出的面具。

丑角面具，不對，那比較接近防毒面具。他就是「時間的斯凱刻特」嗎？

我記得，他擁有可以將碰觸的對手時間停止的能力。儘管這會讓自己同時停止，但只要使用這個能力，七星就不會突然猝死，或是導致病情惡化。

「原來如此，在那之後呢？」

「聯絡地上的人，令他們尋找治療方法。」

嗯。如果是這種方法應該可行。只要以佩爾基烏斯的名義拜託，應該沒有人敢拒絕。

「不過，有多少人願意幫助七星，這就不得而知了。」

「是否能仰賴甲龍王大人的威望設法處理呢？」

「吾和七星只是互利互惠的交易對象。不會為了幫助她而欠某人人情。」

這是不是有點不解人情？

但是，畢竟我也不清楚七星和佩爾基烏斯之間的關係，不方便多說什麼。

「可別誤會了。既然待在這個城堡便是客人，那吾自然會出手相助。但是，吾活著的目的，終究是找出拉普拉斯，並將其擊倒。只有在不影響此事的狀況下，吾才會出手相助。」

意思是他有監視拉普拉斯的工作在身，無法分出必要以上的勞力是嗎？

只要拜託別人就會欠下人情，一旦欠下人情自然得回報對方。

更何況是治療失傳已久的疾病的方法，想必對方一定會重重要求回報。

佩爾基烏斯沒有義務為七星做到這個地步。

不對，應該說他已經算非常講義氣了，畢竟他保住七星一命，並願意用停滯的方式幫她續命。儘管自己無法再做更多，但如果有人願意救她，交給那人處理便是。佩爾基烏斯說的就是這個意思。我認為這樣的做法的確合理。

「……你打算對七星見死不救嗎！」

這樣大叫的人是克里夫。他挺起身子，對著佩爾基烏斯發出怒吼。

「吾並沒說會見死不救。」

「騙人！你擁有這麼驚人的城堡，底下還有這麼多能幹的使魔！那你肯定能找到治療方法吧！」

聽到克里夫這句話，佩爾基烏斯的眉頭一皺。

「沒有辦得到的人一定得去尋找的道理。」

「別開玩笑了！幫助弱者是強者的義務！」

「哼，別將米里斯教可憎的教義強壓在吾身上。」

「你說什麼！」

我知道克里夫只是放任自己的感情說出這些話。

他是米里斯教徒。米里斯教和基督教十分相像。或許在他們的教義之中，也有遇到迷途羔羊就要出手相救這麼一回事。

但是，他不該對佩爾基烏斯說這些話。佩爾基烏斯只會按照自己的想法行動。

因為在這四百年來，他都為了那唯一的目的行動，始終如一。

佩爾基烏斯的確希望得到七星研究的異世界召喚相關知識。

然而，這件事的重要性完全不及拉普拉斯的存在。充其量也只是用來消磨時間的一環。

「你說的這些話，就是要對七星見死不救！既然能救她的話就幫到最後……」

「克里夫，不要再說了！」

當克里夫撞開椅子站起來的那瞬間，艾莉娜麗潔大聲叱喝。

她使勁地揪住克里夫的肩膀，封住了他的動作。

「克里夫，我理解你的心情，但是控制一下。」

「……」

「我不想因為這種事情失去你。」

仔細一看，十一名使魔都擺出了架勢。

佩爾基烏斯看著被壓著半蹲的克里夫，嘲笑似的歪起嘴角。

「有意見的話，就自己行動如何？你信奉的神也這麼說過吧。要助人，別倚靠他人……是嗎？」

「唔……」

克里夫露出悔恨的表情，彷彿跌倒一樣坐回椅子上。

他應該也不是想要頂撞佩爾基烏斯。

只是正巧眼前就有佩爾基烏斯這樣強大的人物，克里夫只是認為他看似無所不能，肯定有辦法拯救七星。

「呼……」

好啦，該怎麼辦呢？我想救七星，然而卻苦無方法。

我觀察愛麗兒和其他成員的表情，看來大家果然都有同樣想法。像愛夏和七星也有私交，如果七星死了她肯定會難過。況且如果她就這麼死去，希露菲應該也會自責。

就沒有什麼事情是我能做到的嗎？

「打擾了。」

此時，圓桌之間的門突然開啟。

是贖罪的尤爾茲。她對著我們開口說道：

「七星大人恢復意識了。」

聽到這句話後，我像彈簧一樣跳了起來。

「為……為什麼？」

「因為表面上病情已經有所改善。」

「表面上？」

「是的，『杜萊病』會基於累積的魔力導致肉體產生異變，進而引發疾病，目前已將併發的疾病治好了。」

這樣聽來，感覺和愛滋病很相像。那她以前之所以一直咳嗽，其實也是發病的徵兆？換句話說，目前雖然透過解毒治癒好她表面上的疾病，但卻無法完全根治嗎？

「那個，請問有沒有辦法吸出她體內的魔力？」

「我辦不到。」

「那請問有誰可以？」

對我的提問，尤爾茲緩緩搖頭否定。

「這樣啊……」

是不是能用什麼方法吸出她體內的魔力呢？

舉例來說，使用具有這種效果魔道具之類？這方面的技術應該比七千年前更加發達。但是到底該怎麼做？只要使用吸魔石那類的東西就能除去嗎？不對，那種東西沒辦法吸出體內的魔力。不過，感覺並非沒辦法辦到。

做得出來嗎？但是，需要花多少時間製作？更何況也沒有辦得到的確切證據。可惡！

「總之，我們先去看一下七星的狀況。」

當我這樣說完後便站起身，其他人宛如追隨我的腳步一般接連起身。

醫務室看起來蕭條淒涼。

儘管家具和客房並沒有太大差別，但建築的石材裸露在外，牆上也沒有窗戶。

在房間中央一帶擺放著類似手術檯的東西，櫥櫃裡也備妥了小刀和繃帶等物品。

「……」

至於七星，就躺在房間角落的床上。

吐出來的血已擦乾淨，不知不覺之間已換上宛如病人服那種乾淨清潔的服裝。看起來已然脫離險境。

然而，給人的感覺卻毫無生氣。

「七星，妳沒事吧？」

我這樣詢問，七星瞄了這邊一眼後這樣說道：

「我看起來像沒事嗎？」

看不出來。

她的臉色鐵青，眼睛下面掛著重重的黑眼圈。不管任誰來看都不會認為是健康的身體。

難道說「贖罪」的能力會讓患者也消耗體力？

順帶一提，另一張病床是空的。

希露菲就像是和我們交換崗位似的，已被送回客房。

從被送走時的樣子看來，希露菲的臉色也相當憔悴。這四天以來，希露菲一直參與治療過程。雖說好像不至於到不吃不喝，但果然也嚴重消耗了體力。

「她說我這個病，是醫不好的。」

「嗯。」

我在床旁邊的椅子坐下。

尤爾茲女士似乎沒有打算隱瞞她的病情。

「哎，馬上就會好起來啦。」

「怎麼可能。」

說完這句話後，七星轉向牆壁的方向，沉默不語。

我剛才那句話說不定有點不負責任。

我沉默之後，愛麗兒等人紛紛開口搭話。有人安慰她，有人要她振作，有人說一定會治好，儘管說法各有不同，但盡是鼓勵的話語。

然而像這種時候，這種話語說不定會造成反效果。

對於真正難受的人而言，最不想要聽到這種表面話。

「……」

不久之後大家也無話可說，誰也無法再對不做任何反應的七星說出一句話。

現場籠罩著一股沉悶的沉默，流動一股如坐針氈的氣氛。

「那麼七星，我先回房間去了。之後會再來探望妳的。」

愛麗兒起了個頭之後，大家一個又一個地離開了房間。

最後還剩下克里夫留著，但也在艾莉娜麗潔的催促下離去。他們離開房間時，我聽到艾莉娜麗潔說：「……現在說什麼都沒用。」

然後，我留了下來。

我自己也不清楚為什麼會留下來。但是，我認為有必要再多陪她一陣子。因為留下她一個人很危險，我不由自主地這麼認為。

「……」

但是，我不知道該說什麼。

對於罹患疾病的對象，或許會無法痊癒的對象。

不管說什麼，似乎都會成為虛有其表的話語。

想必七星很不安吧。召喚魔術方面順利進行。儘管在第一階段遭遇了一些瓶頸，但是第二階段和第三階段都很順利。至於第四階段，聽佩爾基烏斯所說，感覺已經確立了方法。第五階段的內容還不得而知，但也不過是實驗的延伸。

只要再過一兩年就能回去。

正當她這樣想時，彷彿突然被宣告得了癌症。

雖說癌症並非不治之症，然而毫無疑問，這種疾病致死機率極高。

要讓被逼到絕境的七星感到絕望，實在已經足夠。

就算她像之前那樣大鬧也不足為奇。

但是，如果真的是不治之症，如果她真的已經沒有未來，確定沒有辦法再回去原來的世界，說不定讓她大鬧也未嘗不可。激動、大鬧、直到精疲力盡，這樣一來，肯定才會有餘裕享受之後的短暫餘生。

如果她要大鬧，那我也奉陪吧。

「我啊，原本就不是身體健康的那種類型。」

當我保持沉默時，七星嘆氣般地開口說道。

她的聲音聽起來比想像中還有精神，但很明顯是在逞強。

「容易生病……這倒不至於，不過一年至少會得一次感冒。」

七星喃喃地說了起來，我決定默默聆聽。

「我成績雖然好，但並不是特別擅長運動。嚴格說起來，應該算是室內派才對。」

「你不認為這邊的世界，醫學不是那麼發達嗎？」

「你知道嗎？這邊世界的人啊，不知道是不是因為有魔術的緣故，居然連傷口都不清洗耶。因此耽誤了治療而死，或是截肢的大有人在。很可笑對吧。明明只要用飲用水清洗傷口，

就能避免這種狀況發生。」

「我啊，自從知道自己無法使用魔術之後，其實做了各式各樣的預防措施喔。為了不要感染疾病，會刻意遠離人群，或是不吃來歷不明的食物。」

「確實，從你們的角度看來這樣或許很不健康，但我姑且也是會在房間裡運動，以我自己的方式注意健康。」

「因為，我要是生病的話，說不定會沒辦法治好啊。」

「是說，如果生病的話，我想八成就治不好了吧。」

「因為，要是染上了，肯定是我不知道的疾病……」

「……是說，你不覺得這世界很奇怪嗎？」

「有那種看起來會被自己的體重壓垮的巨大野獸，我是不懂魔術的原理，但那明顯無視物理法則了吧。」

「當然啦，我在剛來這個世界的時候，也是覺得好像還挺有意思的。」

「畢竟我好歹也玩過不少遊戲，也不討厭像劍和魔法之類的東西，要說我不感到興奮，那肯定是在騙人。」

「甚至也曾經羨慕你，能像這樣在這個世界生存下去……」

說到這裡，七星突然噤口不言。

她的肩膀發出顫抖，緩緩地轉向我這。

她的臉扭曲成一團，通紅的眼睛已盈滿淚水。

「我不想死啊……」

淚水開始一滴一滴滑落。

她的內心已然崩潰。

「我不想死在這種地方！不想死在這種莫名其妙的世界！為什麼！為什麼啦！太奇怪了吧！噯，你知道嗎？我從八年前就沒有任何變化！身高沒有長高，頭髮也維持原樣！明明肚子會餓，吃了飯之後也會排泄，但指甲卻沒有長長，生理期也沒有來！」

七星抓起身旁的水壺扔了出去。

水壺撞上牆壁，發出巨響直接碎裂，地板被水浸濕。

「我不是這個世界的人類！在這個世界不算活著！就和屍體沒兩樣！可是，為什麼！為什麼還是會生病啊！太奇怪了吧！為什麼我得遇到這麼倒楣的事情！我不想死！我不想……死在這種奇怪的世界！」

七星眼睛不停落淚，同時大聲叫喊。

「我甚至……都還沒有接過吻耶！明明有喜歡的對象，卻沒有辦法向他告白！我很羨慕你啊！每天都那麼快樂，過得那麼充實！搞什麼啊！爸爸死了？媽媽生病讓你傷透腦筋？那又怎樣了！有什麼關係！再這樣下去，我連爸爸的最後一面都見不到！就算我死了，媽媽甚至也沒辦法知道！我想見到他們啊！我想見到爸爸！見到媽媽！那天早上的事，我現在都還記得！爸

爸說，今天會早點回來。媽媽說，今晚會烤秋刀魚。我對爸爸說今天有朋友會來，是不是可以晚點回來，還對媽媽發牢騷，說秋刀魚我已經吃膩了。為什麼……會發生那種事……爸爸和媽媽，肯定都很擔心我。我想見他們，我想要回家。我不想死。不想死在這種地方……嗚……嗚嗚……」

七星雙手抱膝，將臉埋在裡面。

我只聽得到她的嗚咽，以及悲痛的啜泣聲。

「……」

胸口一陣刺痛。

如果是來到這個世界的當初，肯定不會如此刻骨銘心。

想要見面。想要回家。想要見到家人。

就算她對我說這種話，從前的我一定無法理解。

當時的我說不定會認為乾脆忘記那些事，好好享受這個世界就好。

然而，現在不同。

我可以理解她想回去的心情，想要再見一面的心情。

平淡無奇的日常生活，是非常重要的寶物。

一旦失去，就再也回不來……一旦不在身邊，就再也見不到。

保羅死了。塞妮絲說不定也無法恢復記憶。

在布耶納村生活過的，那個溫暖的家庭，再也不會回來。

但是，我今後必須守護自己的家人，以及現在的生活才行。

希露菲、洛琪希、露西、莉莉雅、愛夏、諾倫還有塞妮絲。

一旦和她們生離死別，肯定會讓我痛徹心扉。如果她們之中的某人不見，我肯定會拚了老命瘋狂尋找。

如果，我現在就這樣回到原來的世界。

就算我在那裡能像現在這樣使用魔術，受到眾人吹捧，我依舊會一心思考回到這個世界的方法。

「咿……嗚……」

七星雙手抱膝顫抖著。

不管是克里夫也好，札諾巴也好，甚至是希露菲，她都不會和對方有必要以上的交情。

然而，她卻願意聽我的話。

不僅會聽從我的請求，也願意參加我舉辦的活動。

我試著回憶，發現她幾乎不曾冷淡待我。

七星在用日語和我交談時，儘管只是一點，但看起來確實很開心。

會說日語的我對她而言，說不定是唯一的治癒。

「誰來……救救我啊……」

聽到七星氣若游絲的聲音，我舉步站起。

我回到圓桌之間，發現佩爾基烏斯還待在原處。

沒有其他部下，只有佩爾基烏斯一人單獨在此。彷彿就像在等我似的。

「怎麼了？」

「……我也要行動。希望佩爾基烏斯大人能讓我在不影響您工作的情況下，從旁給予協助。」

說完這句話後，佩爾基烏斯露出意外的表情點頭。

「哦，你要開始行動了是嗎？」

佩爾基烏斯目不轉睛地盯著我。

這個舉動就宛如在試探我的意志，以及潛藏在內心深處的真正用意。他簡直把我當成是沒有利益就不會行動，然而我也並非有什麼盤算才打算行動。正因為我無愧於心，所以才能正眼直視佩爾基烏斯。

「好吧。對吾來說，如果七星死去，吾也會於心不忍。」

「感謝您。」

但是我該怎麼著手？

這種疾病在遙遠的七千年前就已根絕。對應的治療方法完全沒有任何頭緒。

毫無疑問，靠解毒和治療魔術無法治好。如果這種方法有效，佩爾基烏斯肯定早就動手。

既然如此就是魔道具了，然而也不確定這是否可行。

如果要對身體裡面產生作用，克里夫的魔道具或許有相近的功效，但是目前克里夫的道具僅限艾莉娜麗潔專用。

他觀察艾莉娜麗潔的病情逐步進行調整，雖然產生一定效果，但是目前還稱不上完成。

或許就算對象換成七星，只要經過些許調整及改良，也有辦法抑制七星的病況。

不過，調查身體，確認健康狀態的變化同時進行調整得花上不少時間。

而七星恐怕已經沒有時間了。

這次都已經吐血了。儘管治好了表面上的症狀，但肯定會馬上再次復發。

搞不好下次會當場死亡。更何況在停止時間的狀態下根本無法進行實驗。

魔道具不行。

儘管總有一天說不定能做得出來，但現在必要的是講求速效性的治療方法。

有沒有人知道？比方說人神，或是奧爾斯帝德。他們兩人會不會知道呢？

我沒辦法和人神取得聯繫。今晚入睡之後，說不定能得到他的建議。但是無法由我這邊主動和他接觸。

我不打算等待是否會來的聯絡，平白浪費整整一天。

「佩爾基烏斯大人。請問您有辦法聯絡到龍神奧爾斯帝德嗎？」

「不可能。吾無從把握那傢伙的動向。」

也無法聯絡上奧爾斯帝德嗎……

「但是，吾認為他恐怕也不清楚。那傢伙是在距今約一百年前現身，儘管他是個聰明的男人，但對七千年前的疾病想必也是一無所知。」

奧爾斯帝德大概才一百歲左右嗎？我還以為他應該活很久了，但是和佩爾基烏斯相比，還很年輕嗎？不對，就算這樣也比我們年長多了。

「這樣啊，不過要說知道七千年前事情的人物……」

不對，等等喔。我想到一個人了。

有一個或許活了那麼長歲數的人物。

儘管那人看起來對疾病不像那麼清楚……但只是問問而已沒有任何損失。

「我知道一個人……」

「哦？」

嚴格說起來，我根本不知道是不是能找到。

之前會相遇完全是偶然。偶然遇上，然後就那樣分別了。

遑論聯絡手段，就連微小的關聯都沒有。

可是，我必須做點什麼才行。不行動的話，就無法改變狀況。

「請問，您有辦法把我送往魔大陸嗎？」

「魔大陸？你打算做什麼？」

我從前只和那名人物見過一次面。

洛琪希好像也有遇過那個人，但對方如今身在何處，她也無從知曉。

但是，我從很久以前就知道對方的名字。早在我身處菲托亞領地，學習歷史時就已記住這個名號。實際見過一面後更是難以忘懷。

「我打算試著去詢問魔界大帝奇希莉卡·奇希里斯。」

這是在七千年前，引發人魔大戰之人的名字。

第五話「再次前往魔大陸」

計畫很簡單。

首先，透過佩爾基烏斯的協助前往魔大陸。在那順利找到魔界大帝奇希莉卡，向她詢問治療方法，或者是可能知道治療方法的人物。

實在簡單不過。

只要魔界大帝奇希莉卡傲慢地坐鎮在某處的城堡自然好說。

遺憾的是，據說奇希莉卡正在魔大陸四處流浪。要找到她只能仰賴偶然。

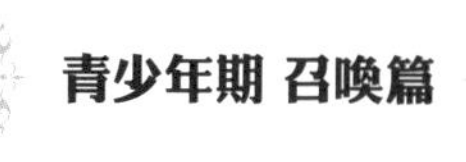

不知道得花上幾個月。

但是，狀況並非都是如此嚴峻。佩爾基烏斯說可以畫出通往魔大陸主要城鎮的魔法陣。

換句話說，如果是從這座城堡，就能在一瞬間移動到魔大陸上的大部分城鎮。

移動時間總是讓我傷透腦筋。而這次居然能幾乎縮短為零。

運氣好的話，也有可能在一週以內找到奇希莉卡。

不過，所謂的轉移魔法陣，實在是很可怕的技術。畢竟可以從位於天空的這座城堡瞬間移動到其他城鎮。代表一旦戰爭爆發，就可以無視地形或守備殺進敵方的領地。當然，對方也沒有攻入這座城堡的方法。

可以理解為何會在許久以前就將其視為禁忌，佩爾基烏斯和奧爾斯帝德會暗中使用。

不對，一定不只這兩個人。

在這個世上，恐怕有許多傢伙也偷偷在使用被視為禁忌的魔術和道具。

儘管有些狡猾，但世道本就如此。

所以，我也要用偷吃步的方式尋找奇希莉卡。

得像以前洛琪希搜尋魔大陸時一樣，一個不漏地將每個城鎮都翻找一遍。

雖說不知要花費多少時間，起碼可以在一年之內完成才是。

畢竟移動過程只需用到一天。

問題在於，可能會在奇希莉卡不在城鎮上的時候，就這樣與她擦身而過。

關於這點，我認為還是仿效洛琪希，在每個鎮上的冒險者公會提出搜索委託就可以解決。懸賞魔界大帝，狩獵奇希莉卡。

當然，只許活捉。

我將其他成員集合到房間，說明自己的計畫。

在場的有愛麗兒、路克、克里夫、艾莉娜麗潔、札諾巴以及希露菲。

在我和佩爾基烏斯交談的那段期間，希露菲恢復了意識。

然而，她的體力消耗一目了然。原本就纖細的身材，看起來顯得更加瘦弱。在我看來，至少得再靜養個五天比較妥當。

「為了拯救七星，我希望獲得各位的協助。」

說完這句話後，愛麗兒馬上點頭答應。

「既然這樣，那我就提供魔道具吧。」

愛麗兒將自己帶在身上的戒指魔道具提供給我。

這副魔道具是成對的戒指，一旦灌注魔力，兩只戒指的寶石就會同時發光。

這樣可以在危急時告知對方。似乎是阿斯拉王國祕藏的魔道具。雖然不清楚確切用途，但要是有個萬一就會派上用場才是。感覺就像是BB.Call。

「札諾巴和艾莉娜麗潔小姐，請你們跟我一起去。」

我拜託札諾巴和艾莉娜麗潔擔任護衛。

再怎麼說，札諾巴都是神子。就算遇上九頭龍那樣的對手，應該也有辦法應付。不會讓鬥氣纏身的我防禦力薄弱，但拜亂魔和吸魔石所賜，具有高水準的魔法防禦。只要有札諾巴擔任前衛，就算是九頭龍也可以與之一戰。

雖說要是過於自信害死札諾巴可就本末倒置，但只要有艾莉娜麗潔負責支援即可放心。

「我……」

「克里夫前輩，我希望你能幫忙製作魔道具。」

老實說，不確定能不能找到治療方法。

因為不能保證奇希莉卡身上會有什麼線索。此行很有可能只是浪費時間，白忙一場。為了避免這點，有必要透過其他視角研究對策。

七星的疾病和詛咒很像。

因此只要稍加調整克里夫的研究，說不定就有辦法製作出延續七星生命的魔道具。

「不，我也要去！」

儘管我是這麼打算，但克里夫卻提出反對。

「讓我一起去！我也想為七星做點什麼！」

繼續研究就等同於做出貢獻，但想必克里夫也想為七星多盡一份心力。

做著和平常一樣的事，無法獲得著手於某項目標的實感。

「拜託你，魯迪烏斯。就算是我，也可以理解那傢伙想回到故鄉的心情。」

克里夫這樣說著，懇求我點頭。

仔細想想，克里夫離鄉背井也有一段時日。

儘管身高較矮，看來只有十五歲左右，但我記得他已經十九歲了。

記得他說自從離開米里斯神聖國後，應該已經有六七年了。七星口中說的想要回到故鄉，和克里夫的認知有所差異。然而，本質一定沒有任何不同。

「我知道了。」

「可以嗎？」

基本上，我帶艾莉娜麗潔同行，七星又處於凍結狀態，可以研究的事情自然會受到限制。不需要勉強同時進行。等到判斷找不到治療方法的當下，或者是無法找到奇希莉卡只好放棄的那時，我們再全力協助克里夫進行研究，這樣也未嘗不可。

「是的，克里夫前輩，就麻煩你了。」

為了可以順利和研究接軌，還是先縮短搜索期間吧。

就設定為半年到一年好了。

「……那麼，我……該做些什麼……才好？」

最後，希露菲掛著身體不適的表情向我提問。

她的體力還遠遠沒有恢復。要她陪我們同行實在強人所難。況且……

「希露菲，我希望妳暫時在這裡休養一陣子。」

「嗯，然後呢？」

「等妳休養好之後……」

我稍微猶豫是否該說出口。

「我希望妳能回家幫忙照顧露西。」

「咦？」

希露菲的表情黯淡，但我接著說下去。

「我這一趟說不定會有很長一段時間無法回來，如果這段期間父母都不在身邊，我認為那對小孩來說並不是好事。」

對小孩來說，父母是絕對必要的……我倒也不是這個意思。

但是，果然是因為有保羅和塞妮絲在，才會有現在的我。

對小孩來說，還是得有個照顧自己的父母在身旁比較好。

當然啦，如果只是一兩個星期，那就算父母不在也未嘗不可，但實在不能好幾個月都將小孩放在一旁。

「呃，嗯。確實，是這樣沒錯。如果魯迪不在，那我就得負責照顧露西呢。」

「對不起。」

「不會。」

儘管我已經把七星吐血的原因和希露菲無關一事告訴本人，即使如此她還是想盡一份心力吧。

「希露菲已經幫上不少忙。接下來就交給我吧。」

「嗯……」

雖然點頭同意，但希露菲好像還是有些不滿。

她絕對不是不愛露西。

但是，希露菲自從十歲遭到轉移，就被迫自立更生。而且父母雙亡，無法再見一面。

即使如此，她還是堅持了過來。儘管有許多部分是因為運氣和他人相助，但她還是好好找到工作，結婚，成功獨當一面。

說不定對她而言，父母這種存在就算不在也不成問題。

或許這個世界的主流認知，是就算父母不在身邊，小孩依舊能成長茁壯。

她也才十八歲。

人類的思考方式，並不會因為有了孩子就有戲劇性的變化。我認為應該是在養育孩子的過程中逐漸改變才是。

我前世在十八歲的時候，根本就沒考慮過要生小孩。

和我相較之下，希露菲已經很了不起。

「但是，我想洛琪希也會抱怨喔。既然是魔大陸的事，那洛琪希應該再清楚不過。」

「說得也是。總之要是遇上麻煩事，我也會去找洛琪希商量。」

洛琪希並不在這裡。

雖說我也想要借用洛琪希的智慧，但是佩爾基烏斯好像不管怎樣都不想讓魔族踏入城堡，我曾試著拜託，但卻遭到拒絕。

算了，洛琪希也有身為教師的生活要顧。

她好不容易當上教師，不能讓她只幹了一年就被炒魷魚。

雖然我想幫助七星，但是也必須保護現在擁有的生活。

生活也很重要。兩邊都很重要。所以，我要保護好希露菲和洛琪希。

當然，這部分包含了我大部分的私心。

我不認為自己的想法就理論上來說站得住腳，但是，我果然還是不想讓希露菲和洛琪希赴險。她們要是和保羅一樣死在眼前，那我可敬謝不敏。

雖然我認為在這個世界沒有任何安全的地方。

但是，比起魔大陸，魔法都市夏利亞的危險度應該相對較低才是。

「這次可不要再失去手臂之類的喔。」

希露菲露出不安的神情。

「我會妥善處理。」

正是為了避免這點，我才帶上札諾巴和艾莉娜麗潔。但是，如果他們面臨生死存亡關頭，即使犧牲我僅剩的右手也要救他們。當然，我也不想賭上性命……

但這次會做得更好。

我再次返回家裡，向洛琪希和其他家人說明狀況。

當我說出或許會有很長一段時間沒辦法回來，愛夏露出了不安的神情。不過這次可以輕鬆來回。我打算每過幾天就回家一趟。要比喻的話就像是出差。會說或許會有很長一段時間沒辦法回來，只不過是想提前打好預防針。

畢竟有可能會突然無法使用轉移魔法陣，導致我們失去回家的路。

「那麼，就拜託妳們看家了。」

「我知道了，魯迪也要多加小心。」

我原本以為洛琪希會主張自己也一起去，但是我說明詳情之後，她就坦率表達會留在家裡，這反而讓我有些落寞。

好啦，今後會多次往返空中要塞，準備工作非常重要。

畢竟不怕一萬只怕萬一。佩爾基烏斯說，假設轉移魔法陣沒辦法使用，只要在七大列強的石碑前使用魔道具，自會派人迎接。

雖說我不是不相信他，但是也不知道會發生什麼事。

比方說，當我們離開之後，他便確認拉普拉斯復活，轉而將所有精力投注在上面之類。

因此，我準備了許多金錢和用來換錢的東西，並攜帶了轉移遺跡的地圖。

只要有這些，應該就能在半年以內回來才是。

除此之外，也帶上了光之精靈的卷軸等幾項方便道具。

準備齊全了。

★★★

轉移魔法陣位於空中要塞的地下。

「就是這裡。」

希瓦莉爾帶領我們抵達的房間，應該位於地下三樓。

是我們來探險時曾上鎖的房間。

儘管房間裡面沒有照明，但由於魔法陣發出藍白色光芒，裡頭並不暗。

「這是佩爾基烏斯大人新繪製的魔法陣。已經與魔大陸上不再使用的魔法陣相連。」

「不再使用？」

「轉移魔法陣會因為某種理由而使得其中一邊遭到破壞，導致另一邊失去效力。這種事情屢見不鮮。」

轉移魔法陣是以兩個一組。意思是他將其中一邊遭到破壞，已經無法使用的魔法陣重複利用嗎？

在這個世界，應該有許多那樣的魔法陣。

「這類的魔法陣，全部都在佩爾基烏斯大人的掌握之中嗎？」

「佩爾基烏斯大人正是如此偉大。」

希瓦莉爾露出驕傲的神情。

像這種時候，如果能在更多不同的地方先設置好轉移魔法陣來自由使用，應該會很方便……不過轉移魔法陣本身就是禁忌，他應該不會願意教我吧。

算了，要是自己亂搞一通，因此招惹到各種對手也不是好事。

還是別太貪心了。

更何況，也必須切記這種東西不光是我能使用而已。

舉例來說，凶暴的魔物運氣不好踏入轉移魔法陣，這種事情也很有可能發生。要是因為我不經大腦製作的魔法陣導致一座村莊毀滅，到時可是會作惡夢。

「佩爾基烏斯大人說，這道魔法陣最接近魔界大帝。」

「意思是佩爾基烏斯大人對奇希莉卡的所在地有什麼眉目嗎？」

「當然。」

是嗎？原來他心裡有底啊。

原本想說只要送我們到某座大城鎮之後，接下來就可以自己設法處理……

「但是，大人說也有估計錯誤的可能性。」

「……我想也是。」

我認識的魔界大帝奇希莉卡，是無法預測她行動的類型。

就算以為她人在這裡，回過神來，有可能她已經移動到了別的地方。

她的那個未婚夫巴迪岡迪也是這樣……噢，對了，還有巴迪岡迪這個人啊。

畢竟最近沒見到他人，搞不好已經回到自己的領土去了。

那傢伙好像也活了很長一段時間，應該有一問的價值。

「我明白了，總之我們先去看看。」

「我們並沒有確認另外一邊的狀況。出口也有遭到封閉的可能性，還請多加留意。」

「遭到封閉？」

「意思是為了隱藏轉移魔法陣，已經將入口破壞。」

要是沒有入口自然不會被發現。原來如此，有道理。

雖然有人會尋找密道，但是拿著十字鎬試圖破壞牆壁的人應該不多。

基本上，因為這種想法而被發掘出來的，就是古代埃及人。

搞不好，轉移遺跡也是由盜墓者和考古學家因為這種想法而找到的。

「總之，如果不行的話我們會先回來一趟。」

「祝各位一切順利。」

在希瓦莉爾的目送下，我們跳進了魔法陣之中。

這已經是第幾次轉移了呢？

轉移事件，來回貝卡利特大陸共兩次，還有佩爾基烏斯的魔道具……這次是第五次了。

對這種宛如從夢中清醒的感覺，也沒來由地就習慣了。

「呼～」

轉移之後，眼前是一間陰暗的房間。充滿了一股霉味和滿滿的灰塵，感覺已經有很長一段時間沒有使用。

既沒有照明，甚至連燭臺都沒有。簡直就像廢墟。

話說起來，我忘記問轉移之後會在哪裡出現了。

「哈啾！」

克里夫在背後打了個噴嚏。

仔細一看，其他三人也正要走出魔法陣。艾莉娜麗潔已經習慣，札諾巴也態度堂堂地邁出步伐，唯獨克里夫一臉好奇地看著魔法陣。

「這裡滿是灰塵，還是快點離開吧。」

我照札諾巴所說，尋找通往外面的道路。

「嗯？」

我看著牆壁。上面沒有類似門的物品。沒有樓梯，天花板上也沒有洞。就算仔細觀察地面，也果然找不著理應能通往外面的道路。這裡是間密室。

代表我們被關起來了嗎？就如希瓦莉爾給的情報一樣。

「吶，你們覺得，這樣該從哪邊出去？」

「唔。」

所有人分頭尋找出口。上、下、左、右、左、右、B、A。（註：科樂美祕技。第一次出現是在1985年推出的遊戲《宇宙巡航艦》中）

「在這邊。」

過了一陣子，艾莉娜麗潔發現牆壁後面有個空間。

她好像是藉由敲打牆壁之後發出的聲音加以判斷。不知是不是這道牆壁很厚，我就算貼上耳朵聆聽也分不清差異。

真不愧是長耳族。

「好，動手。札諾巴。」

「哼！」

札諾巴破壞了牆壁。厚度應該有五十公分的厚重牆壁上開了一個大洞。

札諾巴進而以洞口為著手點，宛如在破壞砂雕似的將洞口挖開，做出足以讓一個人通過的大小。艾莉娜麗潔穿過札諾巴腋下，迅速通過洞口。

「我先去前面探路。」

牆壁的另外一頭，是黑暗的空間。

伸手不見五指。儘管清楚目前身處石造建築物中，但反過來說，我們也只知道這點。

就連這裡是地上還是地下都尚未釐清。

「魯迪烏斯，幫我照明。」

我照艾莉娜麗潔所說，使用光之精靈的卷軸，照亮四周。

於是，大小約十平方公尺的房間呈現在眼前。

「嗚！」

看了房裡一眼，克里夫低吟一聲。在灰暗房間的地板上，躺著好幾具白骨屍體。

應該說不愧是魔大陸嗎？骨頭的模樣五花八門，宛如人造物。

「看樣子這裡似乎是監獄呢。」

聽艾莉娜麗潔這樣說後，我望向骸骨，發現手腳上鍊著生鏽的鐐銬。

克里夫換上隱忍表情，握緊雙手。

「唔……願你們能受米里斯大人的庇佑。」

我也模仿克里夫，不過雙手合十。

南無阿彌陀佛。南無阿彌陀佛。請安息吧。我們稍微打擾一下，馬上就會離開。

「走吧。」

不過話又說回來，到處都是白骨。

到底有多少人被關在裡面啊？

他們可能作夢也沒有想到，隔著這面的牆壁的另一邊就有轉移魔法陣。

不對，我記得佩爾基烏斯連接的是沒有在使用的轉移魔法陣。換句話說，他們是被轉移到這裡之後，才關閉了另外一頭的魔法陣吧。

如果真是那樣，這種興趣有點低級啊。

「找到樓梯了。我們上去吧。」

在房間的角落有樓梯。明明有囚犯，卻好像不存在柵欄那類的物品。

當我這麼思考時，發現有個生鏽的鉸鏈掉在通往樓梯的走道旁邊。

說不定當時曾有一道木製的門扉。經過了好幾千年後已然腐朽消失之類。

在樓梯前方有個金屬蓋子。

要說是向上開啟的門也無妨，總之就是個蓋子。

艾莉娜麗潔謹慎地調查有無陷阱，試圖把它打開，但好像無法如願。

是不是有什麼重物壓在上面？

「好。上吧，札諾巴機器人。撬開它。」

「師傅，您說的機器人到底是……？」

「具有鋼鐵身體和怪力的男人，在某些地區會這麼稱呼他們。」（註：出自《機械巨神》）

「哈哈哈，原來如此……哼！」

札諾巴將手靠在門上，猛然用力。

門扉發出嘰嘰嘎嘎的聲音順利打開，有沙土從上方落下。

「唔喔！」

「土由我移開，你繼續。」

「了……了解，師傅。」

扎諾巴使勁開門，我用土魔術除去掉落下來的沙土。

他用盡全力把厚重的門扉使勁推開。

從門的縫隙之間照射進來的是陽光。看樣子是室外沒錯。

當門開出可以讓人通過的縫隙後，艾莉娜麗潔一下子鑽過門縫移動到室外。

「沒有問題。」

等到她這麼說完後，我們也鑽到外頭。

外面是一片陡峭的斜坡。

視野下方是一片紅褐色的大地。高低起伏很大，四散著岩石的地平線呈現在眼前。

在遠方可看到宛如魚骨的森林，是魔大陸特有的景觀。

在那裡移動的是大王陸龜吧？真令人懷念。

「這裡就是魔大陸啊……！」

克里夫吞了一口口水，戰戰兢兢地俯視斜坡下方。

周圍看不見城鎮。奇希莉卡真的在這種地方嗎？

有必要移動最接近的城鎮嗎？說起來，這裡到底位於何處？

說不定先回去一趟，確認一下這附近的狀況比較好。不對，在那之前應該先探索周遭。

「克里夫前輩，魔大陸有許多巨大又凶暴，而且成群結隊的魔物，請你當心。」

「嗯，我知道。」

克里夫以嚴肅表情點頭。這裡是危險的土地。

如果抱著在中央大陸和米里斯大陸時相同心態，就算是高強的戰士也會命喪黃泉。

「周圍沒有魔物。應該不要緊。」

艾莉娜麗潔在這方面不會出紕漏。我也不會輕忽大意……我是這麼希望。

畢竟當時有瑞傑路德陪伴，導致我對魔大陸的認知有些天真……但應該能活用在貝卡利特大陸的經驗才是。

「還有，這裡恐怕幾乎沒有米里斯教徒。因此想法會有很大的落差，還請不要因為多餘的事情和人起爭執。」

「那種事情我知……不，也對。我知道了。」

說不定我是有點妄自菲薄。

但是，克里夫從來沒有去過到處都是魔族的場所。

要是因為一點小摩擦而引起爭執，也會妨礙我們的搜索進度。

和艾莉絲那時不同。我們得極力避免這方面的問題。

「不要緊的，因為克里夫不懂魔神語。」

艾莉娜麗潔補充說明。

這樣說來，她也不會講魔神語。

雖說她好像在魔大陸旅行了將近兩年，但聽說幾乎都是交給洛琪希處理。

不過，她好像知道和色情方面相關的單字。要是克里夫聽了大概每天都會暈倒吧。但這也得歸咎於詛咒就是。

「師傅！」

當我正在胡思亂想時，札諾巴已爬上坡頂，大聲呼喊。

他的字典裡沒有「小心」這兩個字嗎？想必沒有吧。畢竟他是就算失足墜崖也會毫髮無傷的男人。

「你看到什麼了？」

一邊這樣說著，我們也登上斜坡。

「嘿咻。」

斜坡的盡頭是陡峭的懸崖。

然後，呈現在懸崖前方的光景，讓人不免目瞪口呆。

「喔喔，真壯觀，城鎮居然會變成這樣……」

甚至讓克里夫都發出了讚嘆的聲音。

我們正站在巨大環形山的邊緣地帶。

視野下方，有座城鎮呈現在眼前。在環形山的中央，有一座半毀的黑鐵城堡，以及圍繞著城堡的巨大城鎮。

「說有頭緒，居然是在這裡啊……」

我知道這個城鎮。

是魔大陸三大都市之一。

環形山形成天然的城壁，防止魔物入侵。

而且在入夜之後，埋在環形山內壁的魔石便會發光，照亮整座城鎮。

我也知道這座城堡的由來。從前，魔界大帝奇希莉卡·奇希里斯曾將此處作為根據地，後來在拉普拉斯和魔王的戰鬥之中有一半遭到毀壞。

別名「舊奇希莉卡城」。

沒錯，這個城鎮對我而言，曾稍微留下了一點不快的回憶。

是利卡里斯鎮。

第六話「尋找奇希莉卡」

利卡里斯鎮。

這裡是我在魔大陸成為冒險者的城鎮，也是充滿了和瑞傑路德以及艾莉絲回憶的城鎮。

由於最後算是被趕出去，心裡還留有討厭的記憶。

然而……在這裡的經驗並非壞事。告訴我不要將事情想得過於複雜，過度糾結的，也是這座城鎮。

我們走下斜坡，繞著環形山的外圍移動，來到了入口。

入口和之前來時相同，有兩名守衛站在這裡。

以前為了讓瑞傑路德進入城鎮，好像還讓他戴了可以遮蔽頭部的東西吧……

「喂，有守衛耶，不要緊吧？」

「不要緊啦，基本上魔大陸的城鎮都是來者不拒。」

「但是，怎麼感覺態度很謹慎啊？」

就如克里夫所說，守衛感覺一副煞有其事。

甚至還穿上漆黑的全身鎧甲，全罩式頭盔。鎧甲上頭帶刺，給人一種不祥的感覺。

我還在利卡里斯鎮時，沒有穿著這種裝備的士兵。是在這幾年替換了裝備嗎？

「站住。」

當我們試圖踏入鎮上時，被士兵給叫住了。

「請問有什麼事？」

「……不，是那邊的女人……」

士兵仔細打量艾莉娜麗潔。

克里夫像是要化身盾牌般地往前踏出一步，挺身站在艾莉娜麗潔前面，但是艾莉娜麗潔的態度卻是十分坦蕩。

「怎麼了嗎？」

「……如何？」

另外一名士兵取出一張紙條。然後反覆比對紙條和艾莉娜麗潔。

我無意間瞄了一眼，上面畫的是與夢魔相像的妖豔美女。

身材高挑，波濤洶湧，一頭波浪般的秀髮讓人印象深刻。儘管沒有上色，和艾莉娜麗潔確實有幾分相像。

不過，胸部倒是完全不像。

「不是啊。」

「嗯，不是。」

士兵們這樣說完後收起紙張。

「打擾了，你們過去吧。」

「請問發生了什麼事嗎？」

「你們不需要知道。」

士兵拒絕般地這樣說道，於是我不發一語離開現場。

「好像是在找什麼人呢。」

「似乎是這樣。」

難道說有罪犯逃進了這個鎮上嗎？

雖說和我們無關，但還是小心為妙。

如果找人的途中在暗巷遇到殺人狂，那可不是開玩笑的。

「總之，我們該從哪裡著手？」

「我們先去冒險者公會換點錢吧。」

「了解。」

結束短暫的交流，我們沿著街道前進。

「喔喔，真了不起……」

看了入口附近的露天集市，克里夫發出了讚嘆的聲音。

這裡還是一樣充滿了活力。

形形色色種族的商人以及冒險者。他們騎著宛如蜥蜴的魔獸。

然而，所做的事情和魔法都市夏利亞入口附近的集市並無太多差異。

商人會和冒險者爭吵，鎮民一臉稀奇地晃來晃去，乞丐為了向商人乞討湊了過去，卻被踹到一旁。像這種事情，在哪都是大同小異。

因為克里夫應該也對這樣的光景習以為常，單純只是看到許多種族混雜在一起而感到新奇吧。

不過有一點令我稍微有點在意。那就是四處都站著身穿黑色鎧甲的士兵。

每當他們看到艾莉娜麗潔，就會露出一副驚覺的表情，從懷裡取出紙張。然而，或許是從遠處就能看出差異，沒有任何人上前問話。

「克里夫前輩的老婆，在這裡也是大受歡迎呢。」

「嗯，是啊……她不要緊嗎？」

「只要艾莉娜麗潔小姐以前沒有在這個城鎮犯下什麼問題的話啦。」

說完這句話，我望向艾莉娜麗潔，她聳了聳肩膀接話：

「我沒有做任何虧心事喔。」

艾莉娜麗潔的眼神有點漂移不定

雖然沒做虧心事，但肯定有做過色色的事。

冒險者公會也依舊一如往常。

是不是因為歷經風吹雨打，稍微劣化了一些啊？但我記得以前就是這種感覺。

進入裡面後，所有人的視線一齊往我們身上集中。

這種感覺著實令人懷念。以前還曾在這裡演了一齣戲，讓別人徹底嘲笑了一番。雖說拜此所賜，才讓瑞傑路德得以快速融入人群，但到頭來也只是徒勞無功。

視線很快就四散而去。儘管長耳族和人族組成的隊伍少見，但僅是種族的不同並不值得關注。

我們前往櫃檯，將一些拉諾亞金幣換成魔大陸的貨幣。

我沒有特別確認，就把將近百枚的綠礦錢一口氣丟入金幣袋。以前，看著錢包裡面，一枚兩枚地仔細確認是我的日課，看來我也變了不少。不對，只是比當時來得更加富裕罷了。

接著，我們向冒險者公會提出搜索奇希莉卡的委託。

「外貌身材嬌小的女孩，一頭紫髮，穿著綁縛風服裝，自稱為魔界大帝，特徵是會發出狂妄的笑聲」。

因為只是搜索，所以委託等級很低，不過我將報酬設定得較高。

我看到那張委託被貼在留言板上之後，不經意地看到委託留言板的角落，張貼著搜索菲托亞領地居民的搜索委託。

明明米里斯的搜索團都已經解散了，這邊的搜索委託卻依舊維持原樣。

聯絡人依舊是米里斯神聖國的保羅。這樣的話，看到這個的人就算千辛萬苦前往米里斯，到頭來也只是白費工夫。

我前往櫃檯，將聯絡人的名字更改為難民營的阿爾馮斯。

我想，他們現在也依舊在收容難民才是。

雖說寫上我的住址也行，但是我沒辦法對素昧平生的人一一關照。

「好啦，總之這樣一來，這邊要辦的事情就完成了。」

「接下來我們該怎麼做？」

克里夫這樣提問，我開始思考今後的事情。

當然，我們自己也去找人會比較妥當。在這裡滯留一週左右，收集情報。借用他人之力，也動用自己的雙腳，徹底搜查。

對冒險者公會提出委託，充其量只是保險。

「首先呢，我們要收集情報。」

我環顧四周。

此時，一名男子正好朝我們這邊走了過來。

那是一名有著馬頭的男人。我對這傢伙記得一清二楚。

這個男的就是陷害我們的罪魁禍首。我們會被逐出這個城鎮，都得歸咎在他身上……是不至於如此。因為我們自己也違反了規則嘛。

「嗨！」

馬臉男——諾克巴拉就像從前那樣，精神奕奕地向我們打招呼。

這傢伙，每當看到新面孔就上前搭話算是他的日課嗎？

雖然我是這麼想，但是他出聲搭話的對象不是我，而是艾莉娜麗潔。

「好久不見啦！妳已經和洛琪希分開了嗎？」

艾莉娜麗潔一臉狐疑地看著諾克巴拉，不久之後，可能是突然想起來了，啪地拍了一下掌心。

「噢，你是洛琪希以前的隊友呢。」

「……咦？」

洛琪希以前的隊友？啥鬼？

「魯迪烏斯，請你幫我翻譯。這位是我的……應該說是洛琪希的舊識。」

我被艾莉娜麗潔輕推後背，移動到諾克巴拉面前。

這個男人，曾經在八年前打算剝削我們。

洛琪希以前的隊友……換句話說，這傢伙該不會也占了洛琪希便宜吧？雖然我從未聽她提

及此事。

「嗨，我叫諾克巴拉。你聽得懂我說什麼嗎？」

看來他已經不記得我了。

這也無可厚非。從那之後過了八年，我的外表也有很大改變。

諾克巴拉也老……呃，看不出來。馬臉老了之後會長什麼樣子，我實在不得而知。

反過來說，諾克巴拉說不定也分不太清楚人族的長相。

「是的，諾克巴拉先生。我會說魔神語。」

「魯迪烏斯，這位很清楚鎮上的狀況，不如找他幫忙收集情報如何？」

「……」

關於這傢伙在收集情報和死纏爛打方面的能力，我也心知肚明。

這個男人擅長觀察他人的舉止。在情報收集這方面應該能派上用場。

我們以前差點被這傢伙陷害。

然而，這傢伙也因此吃了苦頭，說不定依舊對我們懷恨在心。

但是，現在與其翻舊帳導致他出手妨礙，隱藏我的真實身分好利用他的管道，似乎才是明智之舉。

「我叫泥沼。請多指教。」

「哦，泥沼啊……嗯？我們是不是在哪見過？」

「不，怎麼會呢。」

如果艾莉絲在場，她肯定不會原諒諾克巴拉。

但是，他當時也沒有看出瑞傑路德是斯佩路德族，我們疏忽大意也是事實。現在也沒有時間對以前的事說三道四，招惹無意義的爭執。

我要盡釋前嫌。反正這傢伙也曾在大庭廣眾的面前失禁嘛。

「我們正在找人。是否能請你協助呢？」

「……你要出多少？」

突然就扯到錢實在讓人火大。不過派人工作就得給付報酬，這是理所當然。

「綠礦錢兩枚。如果找到人的話就再付兩枚如何？」

「四枚？真……真的好嗎？」

啊，太貴了是嗎？太久沒來害我忘了這邊的行情。算了沒關係。

「這就證明我們目前十萬火急。但是，可別因為我們身上有錢，就想打什麼歪主意喔。」

「喂喂，我怎麼可能陷害洛琪希的熟人啊！不然的話，算半價也沒關係喔。」

諾克巴拉發出馬的叫聲笑了出來，蹭了蹭鼻子。

★
★
★

我將奇希莉卡的情報轉達給諾克巴拉之後，他說「半天後和你們聯絡」，就消失在鎮上的人群之中。

「真虧你能忍住呢。」

目送諾克巴拉的背影離去之後，艾莉娜麗潔向我搭話。

「什麼意思？」

「我現在才想起來，你以前曾被那傢伙陷害對吧？」

「妳還真清楚呢。」

「之前來到這個鎮上的時候，我有聽聞風聲。諾克巴拉說打算陷害『Dead End』，害自己差點死掉。但我想洛琪希應該不知情……」

原來她知道啊？也對，不知道反而奇怪。畢竟斯佩路德族出現在城鎮可是一條大新聞。

「那就像是一場不幸的意外啦。」

對於想要輕鬆往前邁進的我，也算是自作自受。儘管我對打算利用他人的諾克巴拉嗤之以鼻，但我自己也並非能對他人說三道四的聖人。

既然諾克巴拉見到我也沒察覺出我的身分，那這樣就好。

「不管怎樣，我也不打算對諾克巴拉做些什麼。如果這次他又打算陷害我們，事情就另當別論。」

俗話說事不過三，但我沒那麼寬宏大量。要是敢算計我兩次，那再來肯定不會輕饒。

「話說起來，妳說諾克巴拉是洛琪希的前隊友，那是怎麼一回事？」

「噢，那是──」

聽了洛琪希和諾克巴拉之間的關係，我心情變得很複雜。諾克巴拉對我而言只是個討厭的傢伙，但是那樣的傢伙卻了解我所不知道時期的洛琪希，讓我對此心生些許妒意。

算了，諾克巴拉在小時候說不定也是個善良的傢伙。

不管是多麼善良的傢伙，長大成人之後也未必會是個好人。

我們在這半天時間有許多事情做。

首先，得確保旅社。

這個城鎮有許多適合冒險者居住的旅社。

不只有適合新手的旅社，也有適合高等級冒險者的旅社。

這次我們選擇適合高等級冒險者的旅社。之所以會這麼做，有很大的因素是為了防盜。

不過，就算價格較為昂貴，充其量只是魔大陸的低廉物價，其實不痛不癢……

「……真令人懷念。」

在尋找旅社的途中，我們經過「狼之足爪亭」。

是我們過去曾住過的旅社。

此時，正好有三名疑似新手的年輕人邊聊天邊從旅社離開。這時間要去承接委託是有點晚，應該是去買東西吧。

話說起來，以前曾在這間旅社住過的新手冒險者……庫爾特他們現在不知過得如何？雖說因為我的指揮出錯導致一人喪命，不知道他們過得還好嗎？

不，畢竟已經過了八年。說不定早已不在人世。但是，如果能夠在哪重逢，確實想和他們暢談往事。

噢，對了。也把這件事告訴 P-Hunter 他們吧。

我記得名字叫作賈利爾和威絲凱爾。是擅長尋找寵物的的小惡棍。雖說這次尋找的不是寵物，反正奇希莉卡也很像動物，說不定他們能意外尋獲。

「首先，我想去拜訪熟人的店。」

「不愧是師傅，真是交友廣闊。」

「我也就只認識他們而已啦。」

我抱著這種想法，決定前往 P-Hunter 經營的店家。也就是寵物店。

記得應該是在這一帶吧，我仰賴模糊的記憶走在路上。

不僅記憶曖昧，就連街景也有所改變。即使如此，依舊是我走過好幾次的道路，可以用來引路的建築物之類，我也自然而然還有印象。

然而，目的地卻已變成其他店家。是間將魔物的肉進行加工再行販賣的肉舖。

由於一名有著刺蝟體毛的男子正在顧店，我決定開口詢問。

「歡迎光臨。」

「我記得這裡以前有一間寵物店，請問您知道怎麼了嗎？」

「哦，你說賈利爾啊。那傢伙在兩年前調教魔獸失敗時就掛了。」

咦？死了？真的假的？

「那威絲凱爾呢？」

「威絲凱爾？那傢伙在一年前就離開這個鎮嘍。畢竟賈利爾不在她也沒辦法工作嘛。」

威絲凱爾也不在了。

不過話又說回來，賈利爾已經死了啊。

儘管我明白魔大陸這塊土地十分嚴苛，但實際聽到熟人的死訊，果然還是會有點難過。

雖說那傢伙在最後背叛了瑞傑路德，即使如此，好歹是曾共事過的交情。跟他姑且還是處得不錯。

「這間店是威絲凱爾讓給我的。怎麼？你認識那兩個人嗎？」

「呃，是啊，姑且認識。」

「是嗎，那我算你便宜點。」

我順便打聽奇希莉卡的情報，作為情報費用，我買了大王陸龜的肉乾，接著就離開了。

大王陸龜的肉還是一樣難吃。

後來，我們花了半天時間努力蒐集情報。

蒐集情報本身的效率並不是那麼好。

畢竟會說魔神語的人只有我，等於是只有我一個人在打聽消息。

果然就算強人所難，也應該要把洛琪希帶來才是。

不對，一旦要搜索整個城鎮，無論一個人也好兩個人也罷，都沒什麼分別。

蒐集情報方面，還是期待身為專家的諾克巴拉有何進展吧。

我一邊這樣胡思亂想，一邊到處打聽情報，但是……

「請問，是否有看見外貌身材嬌小，一頭紫髮，穿著綁縛風服裝，自稱為魔界大帝，特徵是會發出狂妄笑聲的女孩呢？」

「哦，我曾看過那女孩喔。最近倒是沒見到了……應該是大約一年前吧？」

居然收到了許多回應。

意外，實在意外。看樣子，搞不好我們一開始就抽到大獎了。

「抽到大獎了呢！」

克里夫開心地放聲吶喊，簡直就像在說已經和找到沒兩樣。

然而，艾莉娜麗潔卻搖頭否定。

「可是，每個人都異口同聲說最近沒看到喔。」

沒錯。都是「大約一年前有看到」。順便說一下，還有許多人說「最近這半年都沒看到她人」。說不定她已經不在這座城鎮。

既然如此，接下來要打聽的就是「她去哪裡了」吧。

這個利卡里斯鎮位於魔大陸的東北端。

如果要前往下一個城鎮，不是往南就是往西。我記得西南方向有山脈，往那邊去的可能性很低……不對，等等，那可是奇希莉卡。

雖然我並不是很了解奇希莉卡，但感覺她不像會沿著街道前進。

一旦她不利用街道，那麼她會去哪就真的無從得知了……

「先聽聽看諾克巴拉的成果吧。」

「我不認為只花半天就會有什麼收穫……」

總之，我們回到了冒險者公會。占據了一張桌子，正打算一邊吃點東西一邊等他，諾克巴拉就出現了。

「嗨，久等啦。」

那傢伙和出門時一樣，臉上掛著心情大好的表情。

「要找到本人實在不太可能，但我掌握情報了喔。」

「請讓我聽聽看吧。」

基本上，諾克巴拉得到的情報，都是我們知道的內容。證明只不過半天，掌握的情報還是有限。

不過，的確是很了不起，連最多次目擊到的場所，以及最後的目擊證詞之類，他將情報整理得鉅細靡遺。

真虧他能只花半天就查到這麼多情報。恐怕他從平常就已經收集了一定程度的情報，再不然就是另有管道能和熟知情報的人物進行交流。接著只要能根據情報的種類精挑細選，就能整理出足以轉手販賣的情報。

像基斯似乎也精通此道。

「然後，關於那個魔界大帝，好像魔王大人也在找她喔。」

「魔王？」

「沒錯，應該是在大約一年前，隔壁領地的魔王大人就千里迢迢來到這裡。」

據說，現在魔王好像滯留在位於這個利卡里斯鎮中央的城堡，也就是舊奇希莉卡城。分散在鎮上的那些黑鎧士兵，不知該說是那個魔王的私兵還是騎士，總之是親衛隊那樣的存在。

「難道說，那個魔王的名字是巴迪岡迪？」

「不，並不是。不是巴迪大人。是阿托菲大人。是巴迪大人的姊姊，她是非常可怕的魔王。」

巴迪岡迪居然有姊姊？

果然是六隻手臂，渾身肌肉，像是黑色亞馬遜戰士那樣的感覺嗎？

「她很可怕嗎？」

「是啊。畢竟，她可是經歷過拉普拉斯戰役的武鬥派魔王。要是冒犯了她，一招就會讓你身首異處。」

看過那麼平易近人的巴迪岡迪之後，實在難以想像……不過既然這樣的話，還是盡量別接近她吧。

不對，她和巴迪岡迪有血緣關係，應該也具有不死屬性。換句話說，她也有可能是從七千年前就活到現在。既然如此，說不定會知道治療杜萊病的方法。

現在立刻去取得晉見的許可，向她詢問一下也是可行。只是不知道能不能見上一面。

「話說起來，巴迪岡迪還沒有回來嗎？」

「還沒有回來……是說你啊，他好歹也是魔王大人，直呼名諱不好吧。」

「失禮。」

巴迪岡迪好像還沒有回來。

那傢伙到底是在什麼地方閒晃啊？

不對，嚴格說起來，他八年前就已經離開這個城鎮。四處流浪說不定就像是他的興趣。

「——就是這樣。」

我將剛才的內容統整之後告訴其他成員，札諾巴用手抵住下巴。

「不過，雖然他說那位魔王大人也在找人，但人像畫卻有出入啊。」

經他這麼一說，我才發現那幅人像畫和我記憶中的奇希莉卡截然不同。

我認識的奇希莉卡是幼女。嗯，看到畫時還沒有發現，但那幅畫上的美女確實和奇希莉卡有幾分神似。一旦奇希莉卡成長，也會變成那樣嗎？

說不定是奇希莉卡在這幾年內成長了。不，不對。正好相反。因為有目擊到幼女的情報。

這表示那個什麼魔王的不知道奇希莉卡是幼女嗎？

唔……也問問看諾克巴拉吧。不，怎麼會呢。

「親衛隊手上拿的那幅人像畫，和她實際的模樣似乎有出入，你對這點有什麼看法？」

「魔王大人對這方面很粗枝大葉，搞不好她覺得年齡根本無關緊要。」

「啊，原來如此。」

巴迪岡迪就很粗枝大葉。那麼阿托菲說不定也是如此。

「那麼，我們去向那個阿托菲大人打聽一下消息吧。」

我挺起身子如此宣言，諾克巴拉頓時驚慌失措。

「喂……喂！勸你還是算了吧。阿托菲大人不好惹，我勸你還是別去見她啦。」

「不，這也有其必要。何況只要不做出有失禮節的舉動，應該就不成問題吧。」

沒問題吧？希望沒問題。

要是有個萬一就讓札諾巴當坦，由我進行攻擊。像以前對巴迪岡迪做過的那樣，賞她一發之後就轉身逃走……要是在哪遇見巴迪岡迪，再請他居中調解。

好，就這麼決定。

「既然要晉見魔王，就請交給本王子吧。動用本王子的立場。」

札諾巴挺起身子，哼笑一聲。

雖然他自信滿滿，但不要緊嗎？這傢伙姑且也是王族，應該很擅長這方面的交際才是。不過既然這樣的話，把愛麗兒找來可能比較……

等等，從札諾巴和佩爾基烏斯的互動來看，反而可能是他比較容易討對方喜歡。

愛麗兒一旦是為了擴大人脈，往往會變得太過拚命，萬一企圖遭到識破，也有可能招來對方厭惡。

「阿托菲大人有藝術方面的造詣嗎？」

「啊？藝術？這個嘛，誰知道呢。不過，貴為魔王的人基本上都有一些興趣才對。阿托菲大人對藝術……實在不清楚啊。」

巴迪岡迪的興趣……是什麼來著？我覺得那傢伙沒有這種東西。

不對，他應該是對酒有興趣吧？畢竟他經常喝一些昂貴的酒。

雖說阿托菲是危險的魔王，如果只是害怕巴迪岡迪的那種感覺，應該還有辦法打好關係。

「好，那總之我們就去走一趟吧。」

歸納好結論後，艾莉娜麗潔和克里夫也站了起來。

一個小時後。我們呆站在能看得見城堡的位置。

就結論來說，失敗了。

札諾巴出示西隆王國的紋章，並由我進行翻譯，提出想要晉見魔王，衛兵卻說：

「我沒聽說過那種國家。阿托菲大人很忙的！她不會晉見任何人！」

以此為由拒絕了我們。講白了點就是吃了閉門羹。

算了，如果是阿斯拉王國、王龍王國或是米里斯神聖國那還好說，畢竟西隆王國只算小國，也是無可奈何。這就像是對日本人講非洲小國的國名一樣。

更何況，我們這次甚至沒有提前預約。會有這樣的結果也是理所當然。

「非常抱歉，本王子祖國的威望似乎有所不足。」

儘管被守衛說了失禮的話，札諾巴依舊沒有發怒，反而是向我低頭道歉。

「不，是我思慮不周。」

「雖然本王子也隱隱約約覺得對方應該不知道……」

說著這句話的札諾巴眉頭深鎖。雖說他本身也稱不上有多麼愛國，即使如此，自己的國家遭人藐視，還是會覺得不甘心吧。

「……噯，要不要稍微休息一下？」

克里夫靠在附近的牆上，嘆了一口氣。雖然我還綽有餘裕……

「確實是有點累了呢。」

仔細一看，札諾巴也已汗流浹背。

雖說很容易因為能力遭到誤會，但札諾巴是室內派。一整天的行動讓他也吃不消了嗎？

由於四處奔波，我也感覺腦袋開始有點轉不過來。

那就先休息吧。

「說得也是。那麼，我們先吃點東西吧。」

我們沒時間吃午飯，光靠路上吃的肉乾只夠塞牙縫。

但是這邊的飯菜難以下嚥，其實我並不是很想吃。

「師傅，正好那邊就有間攤販，不如就在那裡解決吧。克里夫先生也沒有意見吧？」

經他這麼一說，從剛才開始就有烤肉的香味撲鼻而來。

這股味道的前方是間賣燒烤的攤販。賣的是使用大量辛香料，魔大陸特有的辣肉串。

雖然不至於大排長龍，也有大約三名客人在排隊。

「我是沒有意見，但是要站著吃東西啊……這樣不是很沒規矩嗎？」

「事到如今還在說什麼……」

當兩人正在為此爭辯，艾莉娜麗潔已快速地排到隊伍後面。

「我來幫忙排隊，魯迪烏斯就趁這段間先去準備椅子吧。」

「語言不通也沒有關係嗎？」

「數量這種東西，只要用指的就能讓對方明白了。」

意思是，就算語言不通，彼此也有辦法交流對吧。

我照她的吩咐，使用魔力，在路邊生成椅子。

雖然我也不介意站著吃，但既然都說要休息了，還是想要有個地方落腳。我就算直接坐在地上也無妨，但是札諾巴和克里夫應該沒辦法接受。

「我也去排吧。」

克里夫也和艾莉娜麗潔一起排隊。我俐落地準備好之後，和札諾巴一起在椅子上坐下。

「呼～」

坐下之後，突然就覺得累了。

像這樣坐在這裡，就會感覺目前所做的事情都有可能徒勞無功。

不知道能不能找到奇希莉卡。就算找到她，也不清楚她是否知道有用的情報。

總覺得她不知道的可能性反而還比較高。巴迪岡迪也是如此，那些傢伙雖然活了很長一段時日，但是感覺和疾病無緣。

更何況，這已經是好幾千年前的事情，我認為他們肯定不記得了。

「……師傅，可不能太鑽牛角尖。」

「咦？」

「師傅不需要為七星大人的病負起責任。」

不用負責。

「是啊。」

然而，這不是責任的問題。而是我心情的問題。

「不過基本上，想要活著回到故鄉的那種心情，本王子也多少可以理解，因此才會像這樣出手幫忙。」

「是這樣啊？我還以為你對現在的生活很滿意。」

「當然是這樣沒錯，然而到了最近，會開始懷念故鄉的風景，也的確是事實。」

札諾巴好像也染上了思鄉情懷。

我原本以為他只要有人偶的話在哪都沒有兩樣，但札諾巴畢竟也是人生父母養啊。

「七星小姐會那麼拚命，肯定是因為在故鄉留著很重要的事物吧。」

「她好像說是……喜歡的對象，還有家人。」

儘管兩者都是平凡的理由，但卻是非常重要。非常、非常重要。

「對於本王子來說，倒是不太理解這兩者的重要。」

「對你來說的話就是人偶啦。」

我一邊和札諾巴閒聊，同時有意無意地望向克里夫他們。

克里夫和艾莉娜麗潔。他們兩人和我當初相遇時相比也改變了不少。

雖說克里夫還是一如既往不看場合，但也變得比較會為他人著想。

艾莉娜麗潔也是如此。真懷念她只知道追著男人屁股跑的那時期。

像他們兩個，要是彼此遭到拆散，肯定也會豁出一切回到對方身邊。

「……」

在克里夫他們前面的客人買了肉。不知道是不是想乞討剩下的一點肉汁，身穿破爛斗篷的乞丐靠了過來，但卻被客人給一腳踹飛。

克里夫看到之後，露出了不悅的神情。

但是，被艾莉娜麗潔適時制止，並沒有吵起來。

因為克里夫是個好人，肯定會施捨那個乞丐一點食物吧。

當我這麼想著，果不其然，克里夫多買了一些肉串，交給那名乞丐。

乞丐一邊連忙道謝，一邊狼吞虎嚥地吃著肉串。

吃了又吃，不久之後吃完了手裡的肉串，又再厚著臉皮向克里夫乞求，克里夫嘴上說著「傷腦筋」，同時將肉串遞了過去。

乞丐握著克里夫的手，好像感動得顫抖不已……

咦？這畫面有種似曾相識的感覺。

總覺得好像在很久以前也有過類似的事情。

那是在哪裡發生的來著？我記得是在魔大陸……不對，還是米里斯大陸？

當時也是像這種，當我把糧食分給乞丐……不對，那人好像不是乞丐？是說，剛才那名乞丐道謝的時候，是不是講人類語啊？

當我正在思考時，那名乞丐猛然開口大笑。

「呼～哈哈哈哈哈！」

那個笑聲的音量大到幾乎要響徹整個城鎮。

乞丐笑了一陣子後，就脫下破爛的斗篷，高聲宣告！

「本宮是奇希莉卡‧奇希里斯！人稱魔‧界‧大‧帝！你救了本宮的命，來，有什麼願望儘管說吧！」

我眼前一陣暈眩。

★ ★ ★

眼前的她，和以前看到的時候如出一轍。

及膝長靴、皮製熱褲、皮製小可愛。膚色蒼白，鎖骨、腰部、肚臍和大腿。然後最具特徵的，就是那一頭蓬鬆的紫色捲髮，還有類似山羊的角。

儘管外貌比之前看到時顯得更加骯髒，但肯定不會錯。

她就是魔界大帝奇希莉卡．奇希里斯。

「呼～哈哈哈哈！呼～哈！呼～哈哈哈哈！」

克里夫目瞪口呆。我也是第一次見到艾莉娜麗潔的眼睛變成兩個點。

就連我也還不太能掌握發生了什麼事。

唯獨札諾巴保持冷靜。只有這傢伙用手抵住下巴，若無其事地說：「噢～那就是巴迪岡迪陛下的意中人啊。」

「……」

善有善報。我腦中突然浮現這樣的詞彙。

我想克里夫這個男人，正是實踐了這句話。

施捨乞丐這種事情，可謂說知易行難。

畢竟對方可是乞丐。衣服破破爛爛，一靠近就會有刺鼻的臭味撲鼻而來，滿身汙垢的肌膚以及泛紅的髒兮兮牙齒，甚至讓人感覺一靠近就會被傳染疾病。

就算覺得他們可憐，但真的有人願意將剛買的糧食給這種人嗎？

我說不定就辦不到。儘管不至於將人一腳踹開，但我自然沒有那種博愛精神。

然而，克里夫就擁有那樣的精神。第一次碰面時，我甚至還認為他是個心胸狹隘的傢伙。

他將來肯定能成為一名了不起的神父。克里夫萬歲。

好啦，誇獎克里夫到這也差不多了。

問題在於奇希莉卡為什麼會在這種地方乞討。

「來來！不用客氣！有什麼願望儘管說！但在那之前先報上名來吧！」

「咦？咦咦……？我、我叫克里夫·格利摩爾。」

克里夫站在突然自稱奇希莉卡的這名乞討少女的面前，露出求助的神情看向這邊。在這段期間，奇希莉卡一邊在克里夫面前擺出高傲的姿勢，繼續說道：

「你叫克里夫嗎？請本宮吃飯的功績可是很大的喲。畢竟本宮已經半年沒吃東西了！」

我緩緩靠近他們並開口搭話。

「既然如此，那是否要再多吃點呢？」

「喔喔！可以嗎？你真是大方！大方的男人很棒喔！你會成大器的！」

接著，奇希莉卡不停地吃著大王陸龜的串燒好一陣子。狼吞虎嚥到會讓人疑惑東西到底裝到那具小小身軀的哪裡去了。一股腦地不斷地吃著。

「呼~吃飽了吃飽了。這樣還能再撐一年吶！」

奇希莉卡拍著肚子，結果她把攤販的肉全部吃光了。

想必攤販的大叔也因為生意興隆而感到滿足吧。

好啦。

「久違了，奇希莉卡大人。」

「你是誰啊！」

我低下頭，奇希莉卡哼了一聲後瞪著我。

「嗯？哦？」

然後，眼睛咕嚕轉了一圈，砰地敲了下掌心。

「喔喔！是你啊！區區人族卻具有噁心魔力的男人！本宮當然記得你啦！是本宮當初賜予魔眼的男人。記得名字叫……對了，呃……魯、倫、倫巴……倫巴烏斯，好久不見了啊！」

「我叫魯迪烏斯．格雷拉特。」

我可不是什麼打掃機器人啊。（註：倫巴日文音同自動掃地機）

「魯迪烏斯，好久不見……你長大了不少嘛，如何？在那之後過得還好嗎！」

奇希莉卡使勁地拍了拍我的大腿附近。這舉動宛如某處的課長。

「是的，多虧奇希莉卡大人賜我魔眼，讓我有好幾次都得以保住小命。」

「呼～哈哈哈哈哈！對吧對吧！」

奇希莉卡開心地點了點頭。好單純啊，真好哄。

「但是，能得到本宮獎勵的只有一人！只能有一人而已！」

奇希莉卡啪地一聲用力指向克里夫。

「就是你，克里夫．格利摩爾。想要什麼都儘管說吧。」

「……」

克里夫被奇希莉卡指著，咕嘟地吞了一口口水。

在這一瞬間，我心中突然湧起「該不會」這樣的想法。說到魔界大帝奇希莉卡·奇希里斯的獎勵，當然就是魔眼……這件事在這個世界相當有名。

然後，克里夫有他自己的目的。只要使用魔眼，說不定就能在製作魔道具時派上用場。

就連我都想得到。所以，他該不會……

「那……那麼，我希望妳告訴我治療杜萊病的方法。」

「哦？」

「我的熟人罹患了那種疾病。雖然現在勉強保住了性命，但沒有好轉的跡象。如果妳知道些什麼，希望妳能告訴我。」

我鬆了一口氣。

不只是杞人憂天，還很失禮，這下回去之後一定得請克里夫吃頓飯。

「嗯，杜萊病嗎？還真是聽到了個懷念的名字。現在居然還有人會染上那種病，真讓本宮驚訝。」

我對札諾巴使了個眼色，互相點頭。看樣子，奇希莉卡好像知道這種病。

「那麼，治得好嗎？」

「當然。那種玩意兒，只要把索卡司草的葉子拿來泡茶喝下，就會隨大便一起排出了。」

我感到自己的嘴角浮現出笑容。

很好。儘管也有可能是奇希莉卡會錯意，但總之得到情報了。

把索卡司草拿來泡茶喝下去，簡而言之，就是煎成藥來喝吧。

「索卡司草？我沒有聽過。那會在哪裡？」

「嗯……在夢幻之都邁歐。」

「夢幻之都邁歐！」

糟糕。會冠上夢幻之名的都市，基本上都很難找到。

像是只有在夢中才能造訪，或是得在沙漠中移動之類的……

「位於那裡北方的赤龍山脈一角，有個被稱為赤龍之尾的溪谷。在那個溪谷深處有個龍尾洞窟。叢生在那洞窟深處的，就是索卡司草。」

「龍尾洞窟。」

到了這地步居然還要解小幫手任務？而且居然還是龍尾洞窟。那個洞窟明顯會有龍之類的魔物盤據其中，感覺難度不低。

算了，這樣就好。這種發展並不壞。和找不到奇希莉卡，花了好幾年還在找相比好多了。

咦？可是赤龍山脈，有叫作赤龍之尾的地方嗎？

「請問，那在哪裡？」

「嗯，在第二次人魔大戰的尾聲，由於龍神與鬥神一番激戰，導致大陸開了個大洞，已不復存在。」

「……咦？」

那麼，表示已經沒有了嗎？

是說，跟我知道的狀況不一樣耶。

大陸上之所以會開了個大洞，不是因為奇希莉卡和黃金騎士交戰的結果導致的嗎？

不對，奇希莉卡就戰鬥力來說好像不是那麼高……算了。所謂傳說這種東西，總是因個人方便而穿鑿附會。

現在重要的是索卡司草，那才是重點。

「那麼，您的意思是索卡司草已經不存在了嗎？」

「不，嚴格說起來，龍尾洞窟只是最早發現那種草的場所而已。」

奇希莉卡緩緩地搖頭否定。她說「最早」，是指其他場所也有生長嗎？

「索卡司草會生長在不見天日的深邃洞窟深處。」

不見天日的洞窟深處。應該是迷宮之類吧？那表示又得進入迷宮了。

如果是那樣的話，這次就確實地湊齊成員吧。大約二十人左右……乾脆祭出賞金招募冒險者湊個一百人左右吧。

「所以，本宮就下令在所有魔王的城堡地下開始栽培藥草！」

「……」

「因為索卡司茶很好喝嘛。況且喝了那個的人平均壽命都很長喔，畢竟，每個不死魔王的血親都在喝嘛，呼～哈哈哈哈！」

「……」

換句話說，是這個意思嗎？如果是魔王居住的城堡地下都有栽培嘍？

不僅如此，既然是高級茶的原料，搞不好在哪個地方就有在賣？

「呼～哈哈哈哈哈！你以為沒辦法弄到手了嗎？你是這麼想的對吧？真可惜啊。就連那座奇希莉卡城底下也有栽培呢！呼～哈哈哈哈哈！」

是不是該把這傢伙一腳踹飛呢？

就在我這麼想時，克里夫已經握緊拳頭往前踏出一步。

「這傢伙！」

「請等等，克里夫學長！等她把知道的情報都吐出來再說！」

「噢……好。」

糟糕，一不小心就說了真心話。

而且，既然在城裡就有的話那就沒有任何問題，反而正合我意。

雖然被耍了讓我很不爽，就當作這也是種磨練吧。

好，保持平常心。平身低頭。

「那麼，奇希莉卡大人。是否能請您將那種索卡司茶稍微分我們一點呢？」

「可以！不過，有一個問題。」

「問題？」

「嗯。現在奇希莉卡城來了個討厭的傢伙。雖然很笨，卻是個麻煩的對手，我也從半年前開始就躲著那傢伙……啊。」

奇希莉卡話還沒說完，就望向我的背後。

「嗯？」

我也抬起頭來，轉身看向後面。

在那裡的是，身穿黑色鎧甲的士兵。五、六、七……有二十個人以上。不僅如此，還從對面的通道和小巷竄出，陸續增加……人數總共將近三十個人，將我們團團包圍。

士兵們像是在威嚇似的看著這邊。

艾莉娜麗潔站到前面，儘管她把手放在腰間的劍上，額頭卻冒出冷汗。不管怎麼說，數量實在太多，而且也無處可逃。

該怎麼辦？要用右手抱著札諾巴，左手抱著克里夫飛走嗎？那樣一來，奇希莉卡和艾莉娜麗潔會被留下。

當我正在胡思亂想時，率隊的男子向前踏出一步。

那傢伙用一種略為嘶啞，但宏亮的聲音這樣說道：

「我等是加斯羅地區不死魔王，阿托菲拉托菲大人的親衛隊。」

人類語十分流暢。看來是為了配合我們。

「這是阿托菲大人的命令。將奇希莉卡大人交給我們，現在立刻前往城堡。」

聽到他這句話，背後的黑騎士們對照人像畫和奇希莉卡本人，做出了「咦？」這樣的動作。

就如諾克巴拉所想，人像畫之所以不同，是因為下命令的傢伙粗枝大葉。

雖然和人像畫不同，奇希莉卡都那麼大聲地自曝身分，會曝光也是在所難免。

「如果我們說不要呢？」

當艾莉娜麗潔這樣喃喃說出的那一瞬間，所有士兵一起拔出了腰間的劍。

劍出鞘後發出了鏘的一聲，這個聲音重疊在一起，發出了震耳欲聾的巨大聲響。

「絕不寬容。」

我沒有能夠一眼就能看出對手實力的能力。

然而，就算是我，姑且也累積了一定經驗。

有實力的傢伙，散發出來的氣場會讓人一目了然。

毫無疑問，親衛隊的成員都是實力派高手。他們散發出一股平凡的騎士團完全無法相提並論的強者氛圍。

「不……不好。要是被這些傢伙抓住，不知道會被怎麼對待！畢竟阿托菲在魔王裡面也是首屈一指的蠢貨！」

聽到奇希莉卡的話，我皺起眉頭。

既然是被抓到之後不知道會被怎麼對待的蠢貨，為什麼對方還會想抓奇希莉卡？

基本上，我已經沒有事情要找阿托菲。現在要設法擺脫這個局面……

啊，不過剛才說城堡地下就有那種草吧。

那麼就潛進去……呃，因為我沒有看過，也不知道那種草長什麼樣子。

當我正在迷惘的時候，士兵取下了頭盔。

「拜託各位。」

那是名有著灰色頭髮，給人一種老戰士氛圍的男人。

他掛上柔和笑容低下頭。

「如果各位不願前來，我等會遭到阿托菲大人處罰。我等絕對不會危害各位，還請各位同意……」

他的態度非常真摯。

我是能說Ｎｏ的日本人……曾經是。和以前不同。一旦有人對我說「請務必拜託」的話，還是會湧上一種去一下也無妨的心情。

「不……不可以聽那傢伙的話！阿托菲可不是能溝通的傢伙！」

奇希莉卡的臉上冷汗直流。看來有什麼隱情啊。

「諸位的對話我已經聽到了。索卡司草在加斯羅地區也有栽培，我等也知道栽培方法。如果需要的話也可以幫忙準備盆栽，還請各位同意……」

老士兵低頭請求，感覺非常有誠意。

明明他可以來硬的把我們帶走，卻特地低頭拜託我們。

我並不是很清楚阿托菲這個人，我知道的魔王是像巴迪岡迪那種的。

如果是那種傢伙的部下，肯定會很辛苦吧。

「話說起來，為什麼奇希莉卡大人會這麼討厭阿托菲陛下？可以的話，希望你們能把這半年以來一直追捕奇希莉卡大人的理由也一併告訴我……」

「這是因為在一年前，本應由阿托菲大人在這裡收下的蓋古拉地區特產美酒，被奇希莉卡大人一個人全數飲盡。」

「哦？」

老士兵嘆了一口氣。

「由於阿托菲陛下引頸翹望喝到那些酒，此舉實在是令她怒火中燒，所以才從本國將我等親衛隊傳喚過來，下令搜索奇希莉卡陛下，然而我等並不知曉陛下如今的尊容，人像畫也如各位所見，因此遲遲沒有抓到……」

「原來如此，我明白了。」

我用魔術將奇希莉卡上了手銬。

第七話「晉見不死魔王」

舊奇希莉卡城。

這裡的外觀一言以蔽之，就是魔王城。

是以特殊石材建築而成的黑鐵之城。

儘管沒有佩爾基烏斯的空中要塞那麼纖細優美，但也是座相當出色的城堡。如果是重視實用性的人類，肯定更中意這邊。疑似天守閣的場所位置開了一個大洞，算是美中不足之處。

平常這座城堡作為觀光勝地開放參觀，甚至還會收取門票，似乎分為能作為觀光景點供人參觀的場所，以及無法參觀的場所。

我們被帶到的場所，是晉見之間。

不是開放參觀的廣闊又金璧輝煌的王座之間，而是狹窄務實的場所。

在這樣狹窄的房間中，身穿黑色全身鎧甲的一群人並排而站。

實在是又擠又悶。

而且在這個悶熱房間的王座上，沒有任何人坐在上面。

「還沒來嗎……」

「在王侯貴族之中，也有人會花時間準備。」

「那你呢？」

「本王子曾經因為忙於準備，而讓師傅久候過嗎？」

「你明明喜歡藝術品，卻對服裝沒有什麼堅持啊。」

「唔，這句話本王子可不能當作沒聽見。師傅應該能理解才是，本王子對鈕釦和刺繡可是很講究的。」

「那是指採買和縫製的時候吧。」

我們已經足足等了兩個小時。

雖說有札諾巴陪我閒聊不至於會感到無聊，但是外面的太陽也老早下山了。

儘管我不會說站著會很辛苦，但起碼應該準備個椅子讓我們坐吧。

順便說一下，目前在場的是我和札諾巴兩人。艾莉娜麗潔和克里夫他們兩人，在士兵的帶領下，前往地下去取那個藥草。

「喂，阿托菲大人怎麼了？」

「就說正在派人去叫了啊。」

「不會太慢了嗎？她該不會出城了吧……」

「陛下的時間觀念很差，就算人在城裡，遲到個一天也只是家常便飯。」

「但是，不能讓客人等太久……」

「你們幾個，稍微閉上嘴巴。」

聽得到士兵們交頭接耳，感覺沒有那麼拘束嘛。看到這樣的景象實在讓人放心。

此時，有位老士兵走了過來。

「陛下很快就到了，請再稍候片刻。另外，還請兩位不要收下阿托菲大人賜予的獎賞。」

「什麼？獎賞？」

「如果事情演變成要收下獎賞，到時我們也無能為力。」

「呃……好的，我明白了。」

我坦率地點了點頭。

儘管我不清楚獎賞是什麼……總之，我也無意收下。

藉由出賣奇希莉卡換取某種利益，我不打算做出這種畜生的舉動。

順便說一下，奇希莉卡被我用繩子綑成一團，就像毛毛蟲那樣躺在地上。

接下來她似乎會受到處罰。是打屁股嗎？還是掃廁所？總之，應該不會是那麼嚴重的處罰吧……

不管怎樣，絕不能疏忽大意。畢竟對方可是魔王。

說到我知道的魔王級人物，就是巴迪岡迪和奇希莉卡。

雖說他們兩人平常傻呼呼的，但要是惹他們生氣……咦？感覺好像沒什麼大不了嘛。

「滾開。」

突然，從後方傳來一道聲音。

我轉頭望去，有名女性站在那裡。

那個女人，是我至今見過的人之中最像魔族的。

藍黑色肌膚、白色頭髮、深紅色眼睛、猶如蝙蝠的翅膀，還有從額頭突出的一根大角。

服裝和士兵們相同，都是黑色鎧甲。

不，看得出來鎧甲使用得比其他人更有歷史。鎧甲的表面遍布傷痕，裝飾也早已剝落。是身經百戰的鎧甲。

而且她的腰間插著一把大劍，讓人難以想像她是否能用那雙纖細的手臂揮舞。劍鞘也比士兵們佩帶的更為氣派。

身高並不算高，和一般的成人女性同樣程度。比愛麗兒還高，但是比我矮了點。

然而，值得一提的並不是這種地方。

她身上散發出來一股難以言喻的殺氣和怒意。

那是一種不容分說的暴力味道……這部分倒是和艾莉絲相像。

女騎士……不對，應該說是女騎士團長吧。

還是不要忤逆她為妙。

「你沒有聽見嗎？我說滾開。」

「啊，好的。」

我依言讓路。

「很好。」

女騎士團長搖曳著長髮，大擺大擺地靠近王座，俐落地轉過身子。

接著從腰間將整把劍連同劍鞘拔出，猛然戳在地上，露出可謂睥睨的姿勢。

然後吸了一口大氣，說道：

「我就是不死魔王阿托菲拉托菲．雷白克！」

「……咦？」

就在我不解地歪了歪頭的同時，黑色鎧甲們慌慌張張地奉起佩劍。

然而，其中卻有一人沒有做出同樣動作，而是走向王座。

是剛才那名老士兵。

「阿托菲大人，為什麼您會從那邊過來？我說過登上王座時要從後面，已經和您強調過好幾次了啊！」

「這還用說嗎？因為從前面走過來心情才爽啊。」

「怎麼可以看心情決定呢！」

「你知道嗎？勇者經過漫長旅程才得以挑戰魔王，據說當他步入王座之間準備和魔王交戰時，心情可是非常驕傲喔。」

「所以那又怎麼樣了！過去身為五大魔王之一的令尊肯定會非常失望！不光只是如此，您的丈夫雷白克大人的……」

「囉唆！」

阿托菲拔出寶劍，以視線也無法捕捉的一刀砍向老士兵。

儘管老士兵在情急之下試圖拔劍迎擊，卻沒有趕上，他的頭盔被砍飛，往後方倒了下去。

周圍的黑色鎧甲士兵見狀也慌張地湊上前去。

「不要在客人面前囉哩囉唆，鬼吼鬼叫！我死去的父親會嘆息吧！」

頭盔滾到了我的面前，從正中間開出一道裂痕。好驚人的威力。

我不經意地撿起一看，發現裡面滿是鮮血。

「喔哇！」

咦？奇怪？這表示……斬擊命中了頭部……

也就是說，剛才那個人……咦？死了？

「我明白了。但還是請您不要有失遠迎。」

當我這麼想的時候，老士兵若無其事地站了起來。

他的腦袋冒出騰騰白煙，同時向阿托菲低頭致意。看來似乎沒事。

該不會這個人也是不死系一族嗎？

或者說，在這裡的所有人都是？

「知道就好。好，重來一遍。」

「是！」

阿托菲將劍收回劍鞘，擺出高地勇士的姿勢。

剛才那名老士兵收下其他士兵拿來的預備用頭盔，站到了士兵們的最前列。然後，士兵們再度拔劍，舉在身前。

「我就是不死魔王阿托菲拉托菲·雷白克！」

札諾巴迅速地跪在地上低下頭，我也依樣畫葫蘆。

像這種禮儀方面的事情只要模仿札諾巴就不成問題，大概。

「首先，我要向你們道謝。多虧了你們，才能抓到那個蠢貨。」

阿托菲這樣說著，視線的前方是奇希莉卡。

成為捲鋪蓋大帝的她，露出一張萬念俱灰的表情看著地面。

總覺得有點可憐啊。這樣算是恩將仇報。

但是這也無可奈何。我們也有自己的目的。

「因為沒有這傢伙小時候的肖像畫，搜索時花了不少時間。真虧你們能幫我找到。」

噢，那幅畫果然是因為那樣的理由嗎？真是粗枝大葉。

「然後……」

阿托菲維持原本姿勢，但卻望向毫不相干的方向……然後，靜止不動了。

約過了五分鐘左右，她維持那樣的姿勢，動也不動。

是忘了上發條嗎？

「穆亞，該說什麼來著？」

「是獎賞。」

看樣子，她好像忘了台詞。然後，剛才那名老戰士好像叫作穆亞。

給人一種會唔呵唔呵笑起來的名字。（註：影射《勇者鬥惡龍VI》的魔王デスタムーア）

「嗯，沒錯。必須要給你們獎賞。」

阿托菲喃喃自語。

「不，我們不需要獎賞。」

我說出事先準備好的台詞。目前為止的發展，肯定是標準流程。

所以，剛才穆亞氏才會事前提醒「就說不需要」。

雖然我是這麼想的，但阿托菲卻猛然踏響地板。

「意思是你不需要我的獎賞嗎？」

她那尖銳的眼神之中蘊含著殺氣，讓我的腳開始顫抖。

這是真正的殺氣。和莉妮亞以及普露塞娜不同。有和被瑞傑路德瞪視時相同的感覺。

「不是，那……那就請讓我收下吧。」

面對這樣的對象，還是不要忤逆她比較妥當。既然她說什麼都想給的話，那還是收下比較好。嗯。沒錯。儘管穆亞說別收下，但不惜惹火對手也要拒絕，這絕非好事。

我像這樣給自己找藉口。

「請問您要賜予我什麼呢？」

這樣提問後，阿托菲滿足地眯起眼睛。

「力量。」

力量。是力量啊，如果說不想的話是騙人的。既然能得到的話，當然求之不得。

不對，等等，畢竟穆亞先生剛才說不要收下比較好。還是先跟她說我們等去地下拿茶的同伴回來就會離開，藉此岔開話題……

「我要賜予你的，就是加入我的親衛隊鍛鍊身體的權力！」

「咦！」

奇怪？不是像那種把手放在頭上藉此激發我的潛在能力，或是像奇希莉卡那樣，賜予我魔眼嗎？

「你看起來很軟弱，但沒關係，只要修行個十年，想必就能達到一定水準。」

「那個，呃……」

「今後十年，會由我日夜無休，好好嚴格鍛鍊你。怎樣？榮幸吧？」

她說十年日夜無休，嚴格鍛鍊……

不，我家裡還有妻小，這種像集中訓練營一樣的活動還是饒了我吧。

當然啦，只要修行個十年的話肯定能變強。

但是，為了變強不惜拋下其他一切事物，到頭來又能怎樣？變得那麼強是要打倒誰啊？捨棄應該保護的生活，又能保護什麼了？

該怎麼辦？不對，一定要嚴正拒絕。我壓根兒不想加入什麼親衛隊。

我腦中思索對策，同時望向穆亞先生，他一臉放棄地搖著頭。

「非常抱歉，請容我婉拒這項名譽。」

「不用客氣！好啦，來人啊，給這兩個傢伙預備用的黑鎧，並準備簽訂契約！」

聽到這句話後，親衛隊中的幾個人離開房間。

「能穿上魔大陸最棒的鎧甲，接受魔大陸最頂級的訓練，加入號稱魔大陸最強的親衛隊。這可是很光榮的喔！雖然一締結契約，你就無法違抗我，沒關係，反正就算沒有契約你也沒辦法違抗我，你應該很高興對吧？」

一點也不高興。

不過，她說的話算是我至今遇過的魔王之中最像魔王的人。

以這層意義來說，能見到像魔王一樣的人物也讓我有點開心。

說不定現在在場的親衛隊之中，也有人像這樣硬是被迫締結契約。

「非常抱歉。因為我還有家人在等我，實在無法離家十年之久。」

「……不用在意什麼家人。我自己也已經有一百年沒見到兒子了，沒有消息就是平安無事的證據。」

所以我也得待上十年左右？別開玩笑了。

「人……人族的十年非常漫長，我也已經向家人約好會馬上回去，況且……」

「況且？」

阿托菲的額頭抽動了幾下。看起來不太高興。

「還有患病的朋友正在等我。我必須盡快找到治療方法回去才行。另外，現在要做的事情也很多，不能只想著要自己得到力量——」

「囉唆！」

阿托菲的怒號響徹整間房間。

好可怕、好可怕。真的好可怕。怎麼了？怎麼了？為什麼要怒吼啊？

「你到底是要加入親衛隊，還是不加入！要選哪邊給我說清楚！」

「我……我不加入！」

當我這樣回答後，阿托菲愣住了。她端莊的臉孔明顯漲紅。

「為什麼！為什麼拒絕！」

咦？我、剛才、說過、理由了吧？

「呃……」

這種時候就得靠札諾巴了。

我這樣想著望向旁邊，他的頭上宛如浮現問號。

啊啊，剛才一直用魔神語交談，這傢伙聽不懂我們在說什麼。沒有辦法依賴札諾巴。

像這種時候該怎麼辦才好？要怎麼做才能說服阿托菲？

我環顧四周，不知不覺間，房間的氣氛也為之一變。

士兵們的氣息也從原本和藹可親的感覺，轉變為某種異質的東西。

要打個比方的話……就是身在敵陣。

「看吧。」

奇希莉卡喃喃說了一句脫口而出。

「這傢伙是笨蛋。別和她扯上關係比較好。跟她怎麼可能正常交談。」

「囉唆！我才不是笨蛋！」

阿托菲突然大叫，拔出寶劍。

「是嗎，原來你在耍我啊！一會兒說要獎賞一會兒又說不要收下！肯定是認為我腦袋不好在耍我對吧！」

然後，怒氣洶洶地朝向這邊走了過來。咦？什麼？啊，等一下。

「阿托菲大人！現在可是在城內啊！」

「我才不是笨蛋！才不是笨蛋！」

阿托菲一邊使勁揮舞寶劍，同時以憤怒的表情步步進逼，然而黑鎧士兵卻試圖將她攔住。

「滾開！」

阿托菲將士兵打飛，宛如犁式除雪車一樣繼續靠近。

啊，糟糕，不妙，用魔術迎擊？不對，攻擊她的話更不妙吧？

「這裡就交給本王子吧。」

當我這麼想的瞬間，札諾巴不慌不忙地挺起身子，往前跨出一步。

「哼！」

札諾巴緊緊抓住逼近而來的阿托菲的手臂。

阿托菲打算把札諾巴一腳踢開繼續前進，然而，札諾巴卻阻止了阿托菲的行進。該說不愧是神子之力嗎？

「唔！你的力氣很驚人嘛！」

阿托菲似乎感到佩服，瞪大雙眼看著札諾巴，同時嘴角上揚。

札諾巴好似要勸戒她般地開口說道：

「請您冷靜。我等並沒有愚弄您的意思。只是要把草……」

「別講些聽不懂的話！」

阿托菲對札諾巴的話充耳不聞。

正確說來，她好像聽不懂人類語。明明穆亞先生就會講啊。

阿托菲用劍使勁敲打札諾巴，用腳猛踹，當她發現這對札諾巴不管用後，宛如發出讚美似的這樣說道：

「你這傢伙真堅硬啊。看來你纏繞了頗有水準的鬥氣在身上！有趣！」

阿托菲這樣喊叫後，揮劍砍下自己被札諾巴抓住的手臂。

那是她自己的手。然而她卻沒有絲毫猶豫。只是因為手被抓住覺得礙事就砍了下來。就像是毛衣的線被門勾住，所以就拿剪刀剪斷似的那麼輕描淡寫。

「唔！」

離開阿托菲身體的那瞬間，手臂就化為柔軟的肉塊。

當札諾巴鬆開手後，肉塊啪地一聲掉在地下。隨後開始不斷蠕動，回到阿托菲身上並黏在她的手臂。然後，轉眼之間就形成原來的手臂模樣。和巴迪岡迪那時一樣。物體傷害對他們無效嗎？

「很好，我是不死魔王阿托菲拉托菲．雷白克！北神流開祖，卡爾曼．雷白克的妻子！就讓你見識一下真正的北神流！」

阿托菲舉起大劍，擺出大上段架勢。

相對的，札諾巴或許是打算接下這招，握緊拳頭站在原處。

「……」

看到眼前這副景象，我背後竄起一陣寒意。

感覺不妙。札諾巴會死，我有這種預感。

札諾巴是神子。普通的攻擊無法傷他一根寒毛，但他也並非無敵。

就連那個龍神奧爾斯帝德，也會因我的魔術而負傷。

凡事沒有絕對。札諾巴也有怕火這個弱點。他只是對物理衝擊具有相當抗性，不代表他不會受到傷害。

「唔！」

我在情急之下積蓄魔力。盡可能快速，盡可能凝縮。

岩砲彈（Stone Cannon）……會來不及。

但是和以前相比，我的魔法技術也有所提升。

「呼哈哈哈哈哈！受死吧！北神流奧義……」

「電擊（Electric）！」

我的義手朝向阿托菲發出紫電。

隨著啪哩一聲，眼前視野瞬間閃爍。

「嗚嘎啊！」

阿托菲弓起身子，大劍自手中脫落。

同時，我的左手肘以下也整個發麻，但不要緊。我並沒有灌注足以電死人的魔力。

「哼！」

札諾巴沒有放過阿托菲露出的破綻。

「嘎噗！」

札諾巴的鐵拳直擊阿托菲的顏面。

阿托菲的臉劇烈變形，宛如會發出「咻」的一聲似的，在空中畫出一條美麗的拋物線飛了出去。

然後撞上了王座後面的牆壁，伴隨著嘎啦嘎啦的聲音連同牆壁一起破壞，飛出城堡之外。

「阿……阿托菲大人——！」

黑鎧士兵們像麻雀一樣圍到開在牆上的大洞旁。

「唔，不妙……本王子為了保護師傅，不小心就動手了。她是不是已經死了？」

「不，我想她還沒死。」

畢竟是不死魔王嘛，但是，接下來才是問題。

「哎啊，你們搞砸了。」

「這樣一來就……」

「居然做出這種事……」

我們周圍有將近二十名黑鎧士兵。他們七嘴八舌地爭論，同時將我們團團包圍。既然自己的主子被人幹掉，想必他們不會默不吭聲。

「唔！」

我舉起法杖。這是我的責任。要是我能好好聽進穆亞的忠告，就不會演變成……不對，是我的錯嗎？感覺我好像也沒有做錯什麼。畢竟誰也無法料到那種狀況，就算我斬釘截鐵拒絕，恐怕也會演變至此。

不，要歸咎責任什麼的就等之後再說。現在要以突破這個狀況為優先。

「……」

但是，他們並沒有拔劍，只是看著我們這邊。

札諾巴以赤手空拳擺起架勢。說不定讓他也拿個武器比較好。但是現在沒有空幫他準備武器。有沒有哪裡掉著圓木啊？

「你們……」

穆亞走近我們。他宛如親衛隊的代表，用魔神語開口說道：

「我再問一次，你們不打算成為我們的伙伴嗎？」

「不……不了。」

我斬釘截鐵回答之後，穆亞對我這樣說道：

「那位大人喜歡強者。剛才她在發動奧義前遭到阻止，還被一拳打飛到城外，肯定會想要得到你們。」

這個世界的魔王都是這種怪胎嗎？就沒有正常點的嗎？

不過，雖然他嘴上這麼說，但這群黑鎧士兵好像並不打算抓住我們。

他們只是看著掉到城外的阿托菲，此起彼落地說著：「嗚哇──」、「阿托菲大人老是這麼大意」、「哎呀～」這樣的話。

「只要沒有命令，我等親衛隊就無法行動。但是一旦收到命令……絕不會讓你們逃走。」

穆亞這樣說完，親衛隊的幾個人對我們投以銳利的視線。等待指示的傢伙真是可笑……我不會這麼說，在這種情況下可說是謝天謝地。

「要是被抓到的話，我們會怎麼樣？」

「想必你們將會和阿托菲大人決鬥。」

「……」

「一旦在決鬥中敗北，將會在失去意識的情況下被強制締結契約。屆時，你們就再也無法違抗阿托菲大人的命令。」

「請……請問契約期間會持續多久？」

「當然是到死為止。」

我吞了一口口水，聲音大到我自己都能聽見。

「不過，每十年就可以獲得為期兩年的休假。」

每十年休兩年……再稍微精確地換算一下就是做五休一。但是為什麼我完全不認為很多？

「在這裡的人大半都是出於自願才成為阿托菲陛下的親衛隊，但並非如此的人也不在少數。尤其人族多數都為此哀怨。我們也有點於心不忍。」

親衛隊之中有幾個人低著頭。這表示有很多人是像我們這樣被強迫定下契約嗎？

這是美其名為獎賞的奴隸契約。

原來如此，他之所以會要我別收下獎賞是這個意思。要是他能說得再詳細點就好了……

不對，不能怪他。是沒有問清楚的我不好。儘管我認為自己不能大意，卻在一開始就大意了。

「……如……如果贏了決鬥會怎麼樣？」

「噢，你認為能贏嗎？在這五千年來，除了北神卡爾曼大人以及魔神拉普拉斯大人以外無人能敵的吾等之王，你認為能戰勝她嗎？」

「嗯，應該不可能吧。」

畢竟她的名字裡面都帶有不死兩字，在耐久力方面，應該類似巴迪岡迪那種感覺吧。而除此之外，她看起來還比巴迪岡迪更精通武藝。

因為我沒看過巴迪岡迪使用北神流劍術。

至少在和我訓練時沒有用過。

「如果平手的話，會怎麼樣？」

「是敵人的話就會再戰，如果是自己人，就會承認對方與自己同等水準……」

我的話她會怎麼看待？反正肯定是再戰。感覺她很明顯把我視為敵人。

而且戰過幾次之後，我八成就會打輸。

「該……該怎麼辦……」
「快逃吧。」
穆亞清清楚楚地這樣說道。
「您的同伴現在應該也已經採好索卡司草了，城堡地下有一條通往城鎮外面的密道，請從那裡逃走吧。」
突然，周圍的黑鎧士兵們紛紛開口說道：
「不要步上我的後塵。」
「如果，你有機會前往米里斯神聖國的話……」
「笨蛋快住口，你再過三年就能回去一次了吧。」
「可是……」
聽到背後傳來這樣悲痛的聲音……算了，就當作沒聽到吧。
現在光是自己的事就已自顧不暇。
我感謝這群士兵，打算從王座之間逃走，此時視野的一角，無意間和奇希莉卡四目相交。
她對我投以懇求的眼神。事已至此，我和這傢伙同樣都是逃亡者。
「我可以把奇希莉卡大人也一起帶走嗎？」
「……可以，因為我等的任務，只到抓住奇希莉卡大人。」
親衛隊的人決定對此視而不見。看來他們沒有收到別讓她逃走的命令。這樣會不會讓他們

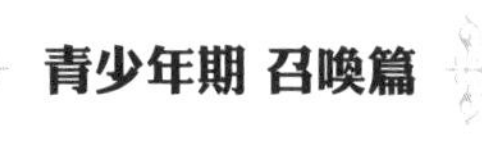

被處罰啊？算了，不管了。

我迅速用魔術燒斷捆住奇希莉卡的繩子。

「喔喔，多……多謝！本宮會記得這份恩情！」

我們逃出了王座之間。

後來，我們在城內和艾莉娜麗潔他們會合。

他們兩人把背包裡面塞滿了茶葉，兩手還拿著盆栽。

葉子呈現褐色，造型像是乾癟的蘆薈。這就是奇希莉卡提到的草嗎？

「聽說這種草禁不起日光照射，必須放在地下才能栽培。只是雖然有拿到栽種的筆記，但我看不懂內容。」

「交給我或洛琪希來看就行，快走吧。」

「發生什麼事了嗎？」

如此這般，說明原因之後，艾莉娜麗潔露出了「果然如此」的表情。

「這件事情，我就想說以前曾經在哪裡聽過。奇希莉卡授予他人魔眼，巴迪岡迪授予他人智慧，阿托菲拉托菲則是授予他人力量。」

「既然聽過就請妳早點告訴我啊。」

「因為我聽不懂魔神語，你應該更仔細地翻譯給我聽呀。」

算了，確實是我說明得不夠充分。但是我又沒有翻譯方面的證照。實在不知該怎麼說明。

「沒時間吵架了吧，得快點逃走才行。呃，是地下通道對吧？要回去嗎？」

克里夫這句話讓我猛然回神。

沒錯，現在阿托菲說不定已經換下被札諾巴打爛的臉元氣百倍地衝了過來。

「不，別去地下。」

從腳邊傳來聲音。低頭一看，奇希莉卡正抬頭看著我。以前相遇的時候還是和我差不多的身高，不知不覺之間，我的視野已經變成能這樣俯視她。

「剛才被你背叛讓本宮很不開心，因此悶聲不說，但其實地下通道應該早在拉普拉斯戰役就遭巴迪岡迪打壞，現在依舊維持原樣。」

「真的假的？」

「真的。剛才那個男人是個騙子。畢竟穆亞是相當於阿托菲右手的存在。滿嘴胡言亂語，為的是將事情導向對阿托菲有利的方向。剛才他雖然嘴上那麼說，但在你們和阿托菲交手的當下，應該就已經在盤算什麼才是。」

雖然奇希莉卡的話不能盡信，但這種說法的確有可能。

我們其實被穆亞欺騙，到時會在地下被逼到絕境。

可惡，穆亞……竟敢背叛我們。

但話說起來，就算他真的騙我們，起碼也比當場就襲擊過來還好得多。

儘管穆亞似乎對阿托菲很頭疼，但是再怎麼樣也不會站在我們這邊。

更何況，他不只幫我們準備了草，還給了記載著栽培時的注意事項的筆記。

背叛了他的好意，搞砸和阿托菲的關係，是我們的失態。

當初應該要在交出奇希莉卡後，明確地拒絕收下獎賞，然後快點打道回府。就算因此和阿托菲交惡，暫時也與我無關。

「但既然這樣，那他當場抓住我們不是比較好嗎？」

「那可是阿托菲啊。肯定會想要自己追捕，親自把人逼到絕境吧？」

原來如此，是幫忙安排場景啊。要當那個魔王的忠臣，這種事情也很重要。但其他的黑鎧士兵有發現他的用意嗎……

「我明白了，那麼，我們應該從地上逃走嗎？」

「嗯，現在的話，應該也沒有人在盤查。」

畢竟盤查是設在入口附近的嘛。

確實，現在親衛隊都聚集到城內，應該沒有人在入口了吧？

「可是，他會放奇希莉卡大人逃亡，也有可能反將我們一軍。像是地下通道其實已經修復完成之類的。」

「要想這麼多的話，不管去哪裡都一樣喔。」

確實。這就像是在煩惱敵人會從上面來還是從下面來。唔——

「艾莉娜麗潔小姐的話會選哪邊？」

「是我的話，不會選擇很有可能被封住的道路。」

「札諾巴呢？」

「就本王子來說，在狹窄的地方比較方便戰鬥。」

「克里夫呢？」

「我……我也選地上。我討厭暗的地方。」

好。現在就以多數表決決定吧。

「那麼，我們去地上吧。請由艾莉娜麗潔小姐打頭陣，筆直地朝轉移魔法陣前進。札諾巴和克里夫站在中間，由來我負責殿後。行李就交給札諾巴和我來搬運。」

我從艾莉娜麗潔手中接過行李。與其讓他們兩個人拿，還是由我們拿比較妥當。只要使用魔術，我就算不動用到腳也可以設法處理，札諾巴則不會感到重量。因為克里夫的力氣不大，還是別讓他拿行李好了。

「那本宮要怎麼辦！」

「請陛下坐到札諾巴的行李上吧。」

「了解。」

奇希莉卡照我說的，在札諾巴頭上合體——開玩笑的……

算了，那裡是最安全的地方。

「好，那我們出發吧！」

我們朝向城堡的出口一路狂奔。在離開城堡的瞬間，不知從哪傳來了「穆亞啊啊啊啊啊！快給我追——！」的怒吼。

好可怕。

★★★

我們在夜晚的大街上奔跑。原本想要摸黑逃跑，但周圍還相當明亮。這都要歸咎於環形山的峭壁投射了輝煌的光芒。

可是，選擇地上路線是正確決定。

街道上沒有任何黑鎧士兵，也沒有從背後追來的跡象。

如奇希莉卡所料，他們現在應該正在搜索地下通道。

如果阿托菲能乾脆放棄的話自然再好不過……但應該不可能。仔細想想，我們還帶著奇希莉卡。阿托菲沒有理由放棄追捕。

穿過主幹道後，我們通過冒險者公會前面。諾克巴拉還在裡面嗎？

我沒想過這麼快就要打道回府。旅社的住宿費已經結清，替換用的衣服也都放在那裡，實在可惜。不過也沒留下什麼重要的東西，就乾脆放棄吧。

當我們穿過人煙稀少的集市時，過去我幫瑞傑路德染髮的那條小路突然映入眼簾。

當時也是宛如逃跑般地離開了城鎮，想不到這次也是。

在這個城鎮，真的沒有什麼美好的回憶。

於是，我們來到了環形山的龜裂處，也就是城鎮的入口。

儘管沒看到黑鎧士兵，但是守衛還在。

是蜥蜴頭和豬頭。他們見到我們之後雖然感到些許困惑，但還是坦率放行。

來到外頭之後，就只差一點了。

我們沿著環形山的外圍進行移動。

「哦哦？你們打算去哪裡？」

「往這個方向，有我們使用過的轉移魔法陣。」

「哦，轉移魔法陣啊？居然還留著那種東西，啊，可是……好痛！咬到舌頭了……」

我們來的路上已經事先留下記號，沒有問題。

儘管周圍昏暗，但艾莉娜麗潔應該不會看錯。

從記號處左轉，登上斜坡。這樣一來，不消片刻就能抵達轉移魔法陣。

然而，來到那個記號的位置時，我們停下腳步。

逼不得已停下腳步。

「哼，真慢啊。」

在斜坡之上。我們曾經使用過的轉移魔法陣的入口。

阿托菲就擋在那裡。

當然，還有將近十名的黑鎧士兵。

仔細一看，通往轉移魔法陣的入口附近還開著另外一個洞。

該不會，地下通道的出口就是這裡……？

「不愧是穆亞，如他所料啊。待會兒必須好好誇誇他才行。」

我們的行動被識破了？

不對，他們甚至搶先繞到目的地。也就是說，他們識破的不是行動，而是目的地？

「各……各位真是……好快就到了呢？」

「哼，用飛的馬上到了。你們奔跑的身影，我也看得一清二楚。」

阿托菲一邊動著背後的翅膀一邊回答。

「穆亞好像也來了啊。」

我轉頭忘去，黑鎧士兵們正從遠處繞過環形山過來。

阿托菲從空中追趕。十名黑鎧士兵從地下繞過來，其他人則從地上追蹤。

從三方向進行追擊……仔細想想，這也是理所當然。又不是錢形警官，一般來說都會分頭搜索嘛。

更何況，既然他們已經識破我們的目的地，摧毀所有路線也是理所當然。背後的黑鎧士兵將我們團團包圍。

退路也遭到封鎖，我們已無處可逃。

「穆亞，幹得漂亮。正如你說的。」

「既然您這麼認為，那今後也請把我的叮嚀聽進去吧。」

「我拒絕。」

阿托菲簡短回答，接著抬起手來。黑鎧士兵們見狀，鏘的一聲一齊拔劍。

「好啦……」

阿托菲往前踏出一步，拔出寶劍。

然後，從居高臨下的位置用劍指著我們，這樣說道：

「啊哈哈哈哈哈！我是不死魔王阿托菲拉托菲．雷白克！只要能打贏我，就賜予你們勇者的稱號！要是輸了，就成為我的傀儡，被我使喚到斷氣為止！」

猙獰的笑容，高漲的壓倒性殺氣。

阿托菲明明比我矮小，看起來卻像是五公尺以上的巨人。

對不起，希露菲。我……說不定沒辦法回去了。

第八話「與不死魔王決鬥」

不死魔王阿托菲拉托菲相當有名。

她在歷史上開始嶄露頭角，是在第二次人魔大戰的期間。

她是「五大魔王」不死的涅克羅斯拉克羅斯的女兒。

身為魔族方急先鋒的她，儘管智能不高，卻擁有極為高超的戰鬥力與耐久力，作為殘虐凶暴的魔王，受到人們畏懼。

然而卻也因為智能不足，導致補給路線被敵方切斷，部下也因此全滅。

她本人也遭到人族捕獲，遭到封印。

直到拉普拉斯戰役之前才順利復活。

她經由魔神拉普拉斯的手復活，以拉普拉斯方的魔王名揚天下。

據說在拉普拉斯戰役之後，她敗給北神卡爾曼，投入北神的軍門之下。

有一說，北神卡爾曼和魔王阿托菲之間留有子嗣，那便是北神卡爾曼二世。

另有一說，北神卡爾曼將自己的劍術對魔王阿托菲傾囊相授。

還有一說，教導北神卡爾曼二世劍術之人，正是魔王阿托菲。

如果所有傳說屬實，代表阿托菲是個擁有身經百戰的經驗，初代北神直傳的劍技，而且還具有不死肉體的怪物。

一旦交手，根本就是絕望。

眼前是阿托菲。周圍所見都是黑鎧士兵。

退路被封住，阿托菲擺出幹勁十足的表情，舉劍擺出架勢。

「來，四個人一起上也可以。」

阿托菲沒有主動進攻。

她只是舉劍擺出架勢，觀察我們的動靜。

她的眼神十分認真。明明以她的戰鬥力，大可直接蹂躪我們。

「……這次可不會再大意嘍。因為我記性很好。」

說完這句話時，她用炯炯有神的視線交互看著我和札諾巴。

因為她在警戒。

她在提防札諾巴的怪力，還有我的電擊。

從剛才交談時看來，她不像有受到損傷。被札諾巴的拳頭打得稀巴爛的頭部也幾近完全復活。然而，從她保持警戒的這點來看，應該對她有效。

「來吧，儘管出招，這次我會漂亮地化解。」

看來她很有自信。

我有種這次會被躲開的預感。水神流有將魔術反彈回來的技巧。儘管我對北神流不是那麼熟悉，但她好歹也是魔王，感覺能擋下我這種程度的魔術。

我姑且發動了魔眼，但只不過能看到一秒之後的未來，奈何得了眼前這個對手嗎？

該怎麼辦……首先得讓她露出破綻。

可是讓她露出破綻，之後呢？接下來該怎麼辦？說起來，就算讓她露出破綻，我的魔術對她管用嗎？

就連最大等級的岩砲彈，也無法殺死毫無防備的巴迪岡迪。更何況阿托菲正嚴陣以待。要是被她防禦住，不管用什麼魔術都……

「魯迪烏斯。」

突然，艾莉娜麗潔在我耳邊悄悄說道。

「只有克里夫也好，設法讓他逃進轉移魔法陣吧。」

聽到這句話後，我望向克里夫。他正以剛毅的眼神瞪視阿托菲。

然而，他的腳卻抖個不停，看來無法視為戰力。

「只要把茶、草還有筆記這三樣東西帶回去，最起碼能讓七星確實獲救。」

「是啊。」

沒錯。嗯，我們就是為了這個目的才來的。拯救七星，那就是目的。

既然有目的，完成目的當然最好。雖然這是最重要的……

即使如此，我還是想活著回去。

不對，雖說就算現在打輸也不足致死，但要我十年都見不到家人，我才不要。

「呼叫救援也是個方法。佩爾基烏斯和阿托菲之間應該也有某些因緣，他肯定會願意出手相助。」

佩爾基烏斯和十二名使魔。

原來如此，如果是他的話或許會願意來救我們。

畢竟他可是封印了拉普拉斯的英雄。

況且他那麼高高在上，肯定也具有與阿托菲一戰的實力。

「好，那麼就定為這個方針……妳能說服克里夫嗎？」

「我試試看。」

艾莉娜麗潔退到克里夫身旁。

由我、札諾巴以及艾莉娜麗潔製造突破路徑。

接著再由克里夫抓緊時間衝過去，進入轉移魔法陣。

交給克里夫說服佩爾基烏斯，在這段期間，我們負責撐下去。

最後，被克里夫說動的佩爾基烏斯前來救援，我們順利得救。

……辦得到嗎？我們撐得過去嗎？克里夫能夠說服佩爾基烏斯嗎？

克里夫進行說服的這段期間，我們會不會已經敗給阿托菲，被強迫締結契約？

即使如此，只要克里夫能回去，七星就能得救。我想救她，那就是此行的目的。

但是，我也想回去。

啊啊，可惡，腦袋打結了。

冷靜。首先，得讓阿托菲暫時無法動彈。

再趁這個時候，用魔術擊潰包圍在我們周圍的這群黑鎧士兵，讓克里夫逃走。如果到時視情況我們也能逃脫，就一起逃進轉移魔法陣。

好，就這麼辦。

儘管沒有辦法打倒阿托菲，但是周圍的黑鎧士兵另當別論。

這次我要拿出真本事了，要抱著全滅敵人的覺悟一戰。

辦得到吧？下得了手吧？上吧，我要上，殺了他們。

就算得把在場的人趕盡殺絕，我也要回去。

好，懂了吧？辦得到吧魯迪烏斯。這次可不能再耍嘴皮子了。

「請不用擔心，師傅。本王子就算拚上性命，也會制伏魔王阿托菲。」

札諾巴露出處變不驚的態度。他很冷靜，實在可靠。

這傢伙為什麼每到這種時候，就會顯得如此有男子氣概？是劇場版加持嗎？

我如果是女人的話，就算迷上他也不奇怪。

（不過，能順利逃走嗎？畢竟我腳程不快，況且還有行李……）

（我和魯迪烏斯一定會擋下敵人的追擊。克里夫，你不要回頭，什麼都別想，只管一邊數著步伐一邊往前奔跑就是，記得不要跌倒。）

（我是不是也參加戰鬥比較好啊……）

（就算四人一起戰鬥也贏不了的。去呼叫救援，也是了不起的戰鬥。）

（是嗎……嗯，我知道了……）

我聽見克里夫他們的聲音。

從這裡衝到轉移魔法陣的入口，換算成步伐大約有三十步左右。說近不近，說遠不遠。但起碼是可以用全速衝刺到底的距離。

「我說服他了。」

過了一會兒，艾莉娜麗潔走回前面。

我望向克里夫。他掛上嚴肅表情點了點頭。

那是背負使命的男人的表情，並不是會一人獨自逃跑的人會有的表情。去呼叫救援也是戰鬥啊……艾莉娜麗潔還是如此能言善道。如果是我肯定沒辦法說得這麼好聽。

「由我和札諾巴兩人設法讓阿托菲露出破綻。魯迪烏斯，麻煩你配合我們，壓制周圍的黑鎧士兵。」

「嗯。」

商量好作戰計畫，我重新轉向阿托菲。

她依舊持劍擺出架勢，睥睨著我們這邊。

「想到要如何贏我了嗎？」

儘管她的後面沒有敵人，但不僅是斜坡，立足點也不佳。

克里夫有辦法不摔倒就跑完這段距離嗎？但也只能將一切託付給他了。

「札諾巴、艾莉娜麗潔小姐，首先由我用魔術先發制人。」

「了解。」

我面向阿托菲架好法杖。使用的是和往常一樣的岩砲彈。

如果是要追求對單體的火力，那應該用王級魔術的「雷光(Lightning)」比較恰當，但是這個距離，會波及我們所有人。被自己的魔術全滅可不是鬧著玩的，我要避免這種白痴的結局。

「呼……」

我深呼吸之後，把魔力灌注到法杖之中。

阿托菲一動也不動。她明明知道我能以無詠唱方式使用魔術，卻似乎不打算阻止我的動作。正合我意，但是……

〔阿托菲用劍彈開了岩砲彈。〕

魔眼中清楚映出阿托菲把我的魔術彈開的景象。

不行。雖然聽說我的岩砲彈也具有相當水準，但似乎對阿托菲不管用。

那麼，要用電擊嗎？要使用最被對方警戒的魔術嗎……？

「師傅。本王子絕對會進行援護，請相信本王子吧。」

這時，札諾巴這樣說道。

他轉頭望著我，在那眼鏡底下透露出自信的神情。

「……札諾巴。」

真可靠，他的台詞和態度實在可靠……看來，他好像有什麼策略。

那麼，我就相信他吧。

「好，我要上了！」

「是，師傅！」

我釋放蓄力到極限的岩砲彈。

砲彈發出鏘的一聲，朝阿托菲飛去。

「看穿了！」

在那一瞬間，阿托菲以留下殘像的速度動作。

雖說是殘像，但也只是稍微動了手臂，改變劍的位置。

但在那剎那間，劍與岩砲彈接觸，迸出驚人火花。

岩砲彈的方向遭到改變，命中阿托菲身後遠處的岩石斜坡，揚起大量塵埃。

果然不行嗎？

「唔喔喔喔喔喔喔喔啊啊啊啊！」

然而，在下個瞬間，札諾巴朝向阿托菲扔出了某種物體。

「嗚喵啊啊啊啊！」

不知來歷的某物發出叫聲，同時朝阿托菲飛去。

阿托菲露出欣喜的表情，舉劍準備迎擊。

「看穿……啊？」

阿托菲原本打算用劍斬開投擲過來的物體，卻突然停下動作。

緊接著，投擲物擊中了阿托菲的臉。

「啊噗！」

「嗚嘎！」

貼到阿托菲臉上的，是剛剛還騎在札諾巴肩膀上的奇希莉卡。

「喂！臭死了！妳至少洗個澡啊笨蛋！」

「本宮也不是喜歡才……嗚呀啊啊啊！」

阿托菲抓住奇希莉卡用力扔上高空。

奇希莉卡飛到包圍網之外，狠狠摔在地上。

「真是的，你丟這什麼玩意兒啊……唔！」

正當阿托菲發出傻眼的聲音，札諾巴已握緊拳頭，鑽進阿托菲懷中。

接著，艾莉娜麗潔也立刻像影子一樣緊隨其後。

糟糕，我也看出神了。

「居然敢鑽進我的懷裡？好膽識！」

「嗚喔喔喔喔喔喔喔！」

札諾巴揮出鐵拳。

蘊含著毛骨悚然威力的拳頭，劃開風聲逼近阿托菲。

然而阿托菲使用護手，輕描淡寫地將這招化解——

「嗚喔？」

沒有化解。伴隨著一聲轟隆巨響，讓阿托菲腳步踉蹌。

她的護手被扭曲成詭異的形狀。

「喔喔喔！」

札諾巴趁勝追擊。他跨出大步，朝阿托菲的身體出拳——

「天真！」

然而，阿托菲尚未落敗。她維持不自然的姿勢，順勢揮出大劍。

伴隨喀鏗的可怕聲響，阿托菲的腳嚴重扭曲，但大劍勢頭不減，擊中札諾巴的身軀。

「咕……嗚嗚……」

札諾巴露出痛苦的表情，跪倒在地。

就算吃了我的岩砲彈也不痛不癢的札諾巴，居然一擊就……

阿托菲睥睨著札諾巴，用鼻子哼了一聲。

「你的體格似乎相當不錯……但是記住了，世上沒有絕對的防禦。這點我丈夫卡爾……」

「喝！」

「唔！」

台詞說到一半，艾莉娜麗潔就以札諾巴的後背作為跳台，飛身躍去。利用離心力的斬擊確實地擊中了阿托菲的頸部以及肌膚。

然而，那道斬擊卻伴隨著鏘的一聲遭到彈開。

那不是人類肌膚能發出的聲音。是用鬥氣防禦住了嗎？

「還沒完！」

就算明知不管用，艾莉娜麗潔仍然沒有停下攻擊。她架著盾牌，踏出步伐猛然一刺，從劍身發出了不可視的衝擊波，直擊阿托菲。

「哼！」

然而，阿托菲仍舊不為所動。宛如微風將沙子吹入眼睛，只是不愉快地皺起眉頭。

「妳的劍太無力了！看好了，應該要……這樣做才對！」

阿托菲將大劍擺在腰間，將刀揮盡。

艾莉娜麗潔想用後跳迴避這道斬擊——

「唔！」

卻突然倉皇地架起盾牌。

下一瞬間，響起了鏘的一聲，艾莉娜麗潔縱向轉了一圈。

艾莉娜麗潔在滿是岩石的地面翻滾，接著宛如貓一樣彈了起來。

她的眼神透露這擊有多麼令人驚恐。

斬擊並未直接命中對方，阿托菲只是把劍一揮就能產生衝擊波。但如果沒有及時防禦，艾莉娜麗潔的身體說不定已被一刀兩斷。

「不過，步法倒是不錯。只要在我這邊鍛鍊，就能成為……」

「嗚喔喔喔喔啊啊啊！」

札諾巴一躍而起。他攤開雙手，撲向阿托菲。

「啊啊啊啊啊啊！」

阿托菲就這樣被他從正面抱住。

札諾巴牢牢地束縛住阿托菲的雙手，使勁將她抬離地面。

「唔！你這傢伙，居然敢抱住我，太不知羞恥……咕噗！」

札諾巴灌注宛如老虎鉗般的力道，使得阿托菲口吐黑血。

擒拿技有效嗎！不對，對手是不死魔王。這種暫時性的損害對她沒有影響。

「師傅！趁現在！」

「……！」

聽到札諾巴這句話，我才理解狀況。阿托菲正遭到壓制，好機會。

「克里夫，就是現在，快跑！」

我將所有魔力灌注在法杖。

使用的魔術是範圍攻擊。要抱著將圍在周圍的黑鎧士兵一舉殲滅的決心攻擊。

「知道了！」

當克里夫開始奔跑，周圍的黑鎧士兵們也猛然回神，急忙架起劍來。但是，已經太遲了。

「冰霜新星（Frost Nova）！」

冷氣由我的法杖疾馳而出。冷氣塊將地面啪喳啪喳地結凍，同時襲向把我們以環狀包圍的黑鎧士兵。

「什麼！」

「唔！」

黑鎧士兵們驚慌失措，從腳邊發出聲音開始結凍。

成功了！完美的偷襲。這樣一來，他們肯定只能坐以待斃。

然而，就在我這麼想的那瞬間，一道聲音響遍四方。

「——之力，爆炎纏繞我身……『BurningPlace』！」

從一個男人身上，有道足以將周圍燃燒殆盡的熱氣爆發性地擴散開來。那股熱氣和我的冰霜新星對抗，擊發魔術的男人以及在他身旁兩側的黑鎧士兵，冒出一股熱氣解凍身體。

是穆亞。

那名老戰士在我舉起法杖的瞬間就開始進行詠唱，以時間差抵銷了我的魔術。

話說回來，無論魔力還是詠唱速度都讓人瞠目結舌。

我明明完全沒有手下留情。

不過，被穆亞的魔術解凍的，只有他和身旁的兩名而已。

其他人正要徹底化為冰雕。單純以魔力差距，這次是我更勝一籌。

然後，我……終於也殺了人……

「居然能凍住我等的黑鎧……這是何等魔力！全員，詠唱 BurningPlace！」

「是！遍布天地的火之精靈啊——」

穆亞向周遭大喊之後，被凍結的黑鎧之中傳來的詠唱聲。

沒有死。沒有任何人死。

是那具鎧甲嗎？那具鎧甲對冰魔術擁有抗性嗎？

可惡！

「唔！」

克里夫穿過阿托菲身旁。

「穆亞，別讓他逃了！」

「是！」

聽到阿托菲的吶喊，穆亞開始行動。

遲了半拍，被穆亞的魔術解凍的黑鎧士兵也跑了起來。

「別想得逞！」

這時，艾莉娜麗潔衝了過去及時擋下這兩名黑鎧士兵，然後大喊：

「魯迪烏斯！那傢伙交給你！」

穆亞頭也不回，緊追著克里夫。

明明身穿鎧甲，穆亞卻十分快速。相較之下，克里夫揹著沉重行李。大約再七步他便會追上克里夫。

我對穆亞舉起法杖。

「岩砲彈！」

〔穆亞打算詠唱土壁擋下岩砲彈。〕

可以。我來得及。我盡可能把魔力注入法杖，施放魔術。

「大地的……唔！」

穆亞一邊跑著一邊把手朝向這邊，但他的手臂卻被宛如雷射的岩砲彈刺中。

穆亞的手臂連同鎧甲一起遭到轟飛。

失去單手的穆亞搖搖欲墜……但是卻沒停下腳步。

「水之精靈啊，賜給我力量——『濃霧(Deep Mist)』。」

穆亞用魔術將自己包裹在一團濃霧之中。看來是打算用煙霧來迴避我的岩砲彈。

不過話說回來，詠唱時間很短。因為他像洛琪希一樣，縮短了詠唱的時間。

「風裂(Wind Slice)！」

我的法杖產生烈風，吹散了煙霧，但穆亞依舊不為所動。那傢伙甚至還踏穩步伐，，繼續緊追克里夫。那身黑鎧甚至可以減輕風系統的威力嗎？

該怎麼辦？再過幾步他就追上了。機會已經所剩不多。

這個時候，我用預知眼捕捉到畫面。

〔穆亞一邊奔跑，同時開始詠唱魔術。〕

「遍布於死之大地的精靈們啊！請回應我的呼喚，制裁目——」

「亂魔(Disturb Magic)！」

情急之下施放的，是我在家裡練習過無數次的魔術。

我和希露菲一起練習的這個魔術，分毫不差地命中穆亞正在製作的魔術將其消除。

「什麼！竟然是亂魔？」

穆亞滿臉錯愕地看著自己的手。但是，他卻依舊沒有停下腳步。還差五步。

「泥沼！」

我為了阻止他繼續前進，用左手施放魔術。

果然，還是該用習慣的招數。就算對手經驗再怎麼老道，我培養至今的戰術也應該能派上用場。我已經模擬過好幾次這種狀況才對。

「唔！」

穆亞和克里夫之間，形成一片巨大的泥沼。

眼看穆亞就要被黏性極高的泥沼停下腳步──

「不確知之神啊！請回應我的呼喚，自大地直衝天際！『土槍（Earth Lancer）』！」

穆亞立刻朝向自己腳邊施放魔術，他將從腳邊冒出的土槍作為跳台，轉眼間就躍過泥沼。

「唔！」

攔不住。穆亞的腳步沒有停止。我的招式會被對應，會遭到抵銷。

想不到技巧純熟的魔術師居然會這麼了得……

「魯迪烏斯，快幫克里夫！快啊！」

「我知道！」

艾莉娜麗潔放聲大喊。我瞄了她那邊一眼，她正在與穆亞兩側的那兩人交手。

二對一。儘管黑鎧士兵沒有積極搶攻，但艾莉娜麗潔光是要拖住他們就已使出渾身解數。

「夠了！放手！還不快放手，不要臉的男人！別抱住我！起碼給我用拳頭互毆啊！」

「本王子死也不會放開！」

札諾巴受到阿托菲的頭鎚攻擊，額頭流出鮮血，但依舊在努力。

其他黑鎧士兵，也陸續地開始解凍自己的鎧甲。

這一帶升起冉冉蒸氣，隱約染上白茫茫的一片光景。

「唔！」

該怎麼做才能攔住穆亞？

他很強。魔術戰的經驗和我完全不是同一檔次，單純的魔術肯定會遭到對應。要用更強的魔術將他轟飛嗎？不行。無論威力再高，都不能在會波及到克里夫的範圍使用，更何況以穆亞的應對能力，再加上那具鎧甲……

「……！」

這時，我注意到自己腳邊的地面已濕成一片。

是剛才的冰霜新星造成的影響。由於周圍被結凍的那幫傢伙在詠唱 BurningPlace 溶解身上的冰，使得四周一帶都被水浸濕。

最先解凍的穆亞也一樣全身濕透。當然，我跟艾莉娜麗潔的腳邊也積了水灘。

阿托菲也是初次見到「那個魔術」……也就是說，穆亞說不定也從未見過。不管他再怎麼老練，實在不可能馬上就應對今天第一次見到的魔術。

不過，用了之後，不管是我、艾莉娜麗潔還有札諾巴都會遭到波及。

……不會被波及的只有克里夫。他現在處在範圍之外，不會受到牽連。

這麼判斷的瞬間，我不再猶豫。

「電擊！」

我將魔力控制不足以電死人的程度，釋放電擊。

一瞬間，紫電朝向穆亞奔馳。

隨後磅的一聲轟隆巨響，引起驚人的放電現象。

紫電無差別地向四周蔓延，落在地面。

電擊順利地在潮濕的地面擴散——所有被水浸濕的人都受到電擊。

「呀啊啊啊！」

「咕嗚啊啊！」

「嗚喔喔喔喔啊啊啊！」

黑鎧士兵們冒著煙倒了下去。艾莉娜麗潔、札諾巴，阿托菲，以及正試圖解凍的人也是。

而且，穆亞也一樣。

包括我在內。

「嗚啊！」

驚人的衝擊在體內流竄。

我弓起身子，全身關節就像是被翻轉折彎。

因為沒有注入足以致死的魔力，我很清楚不會因此而死。

但眼前卻一片黑暗，我失去了意識。

★★★

回過神來，我已經倒在地面。

雖說有昏迷的感覺，但我也注意到這段時間應該不到兩秒。

身體麻痺無法動彈，但視覺無礙。克里夫呢？他怎麼了？

我抬頭一看，發現穆亞單膝跪地，從黑鎧隙縫間竄出煙霧，但是他卻舉起剩下的那隻手朝著克里夫。我隱約聽見他在低喃……是詠唱嗎？

用亂魔……不，來不及。我在左臂注入魔力。

就算肉身麻痺動彈不得，還有義手可以動。

我張開左手的義手，將手掌朝向穆亞。

「『風縛（Wind Bind）』！」

「『臂膀啊，吸收殆盡！』」

穆亞剛釋放出的風之鞭，一瞬間就遭到抹消。

「什麼！」

穆亞猛然轉頭望向這邊。儘管無法看到他隱藏在頭盔下的表情，但恐怕是一臉錯愕吧。活該。

克里夫沒有回頭。再過三步就會抵達轉移魔法陣的入口。

已經沒有任何人追得上去。任何人都追不到他。就連阿托菲也處於麻痺狀態。

然而，她卻目瞪雙眼，虎視眈眈地看著我。

「可惡，被你擺了一道。居然使用不可思議的魔術。」

「……」

「但是我實在很期待你之後成為我的部下……咯咯咯，我老早就想要你這樣的魔術師。我會好好疼愛你的，咯……」

我沒有移開視線，而是靜靜地面對阿托菲猙獰的笑容。

不死種族的恢復速度肯定比我快速。已經逃不掉了，甚至無法抵抗。

札諾巴昏迷不醒。儘管他還抱著阿托菲，但看起來隨時會鬆手。

畢竟那傢伙對疼痛的抗性很薄弱，吃下電擊之後就直接喪失意識了吧。

這樣一來……就結束了。

「……」

當我這樣想著，望向艾莉娜麗潔，她儘管身體不停顫抖，依舊打算挺身對抗。

明明她受到的傷害和我相去無幾，但是她卻還想戰鬥。

艾莉娜麗潔還沒有放棄。放棄的話就結束了。白頭髮的教練也這麼說。

我也還能戰鬥，還能繼續奮戰。

加油。我要回去，一定要回去。回去，回去之後……我想想，就和希露菲好好纏綿吧。當然也少不了洛琪希。而且我也要好好抱抱露西。還有，不光是劍術，也教導諾倫魔術吧。我也很期待吃到愛夏種的稻米。莉莉雅，我總是給她添麻煩……塞妮絲的記憶肯定也能恢復，到時候，我們大家再一起去幫爸爸掃墓。然後，就和至今為止一樣，笑著過每一天。

我要過著再愉快不過的異世界生活。沒錯，就這麼辦。就這樣決定了。

……好，可以。我還能動。只要手臂能動，我就能使用魔術。

法杖呢？法杖跑哪去了？我沒有那傢伙可不行。

好，找到了。原來被我壓在身體下面。對不起，傲慢水龍王，很重吧？

好，可以的，我要纏鬥到救援趕來為止，僅此而已。沒有戰勝的必要。

克里夫學長，拜託你了。你雖然討厭佩爾基烏斯，但還是拜託了。請你順利說服他。就算沒有辦法立刻說服，也請在一年之內來救我們。

「咦？」

我聽到艾莉娜麗潔嘶啞的聲音，抬起頭來。

克里夫正好站在她的視線前方。他正好到達地下監獄的入口。

和那邊冒出來的黑鎧士兵撞個正著……

「不會吧？」

裡面……居然……也有黑鎧士兵？

「啊……」

為什麼我沒有想到這點？

既然眼前有洞穴，就算是阿托菲，也肯定會派人進入查看。

「唔……」

胸口內部萌生漆黑的情感。一種會讓人吶喊，會讓人虛脫無力，那是我很熟悉的感覺。是絕望。

我已經沒有辦法再見到希露菲，也沒有辦法見到洛琪希。我會在那個蠢到不行的魔王底下，一輩子拚命鍛鍊身體。

我的身體開始癱軟無力。萬念俱灰的心情，支配了我的肉體。

然而，就在這時，我聽見了驚愕的聲音。

「什麼……？」

那個聲音並非我所發出。也不是艾莉娜麗潔。也不是札諾巴。當然，更不可能是穆亞。是阿托菲。

是她望著克里夫的方向，如此說道。

「阿……阿托菲大人……」

黑鎧士兵推開克里夫，步伐踉蹌，爬出了斜坡。

感覺狀況不太對勁。

「那道、魔法陣前方、是佩爾……」

在下一個瞬間，黑鎧士兵被縱向切開。

連同肉體遭到一刀兩斷。

然後，在被斬斷的肉體另一側，那名人物赫然現身。

燦爛的銀髮。金色的三白眼。身上的白色衣服被濺上了斑斑血跡。

「是不死魔王阿托菲拉托菲啊。」

他說著一口流利的魔神語，同時從入口現身。

「沒想到妳會在這……雖然，一旦將轉移魔法陣連結到利卡里斯，吾也應該要多少考慮到這樣的可能性才是。」

從他的身後陸續地冒出其他成員。光輝的阿爾曼菲、空虛的希爾瓦莉，還有其他分不清誰是誰的傢伙。總共六名。

「妳那些骯髒士兵的鮮血，弄髒了吾的城堡。」

我懂了。阿托菲比我們搶先抵達這裡。

想必當時便已發現通往轉移魔法陣的入口，命令士兵進入裡面探索。

然後，一旦士兵們發現轉移魔法陣，自然會踏入其中一探究竟。

所以，他才會出現在這裡。

因為空中要塞被魔族大鬧了一番。

「佩爾基烏斯啊啊啊啊啊！」

阿托菲高聲吶喊。

「甲龍王」在此現身。

阿托菲看到佩爾基烏斯的瞬間，氣氛為之一變。

她釋放出和剛才無法相提並論的殺氣，就好似看到殺父仇人，表現出驚人敵意怒視佩爾基烏斯。

「佩爾基烏斯，你這傢伙！」

阿托菲拖動麻痺的身體，推開札諾巴。

札諾巴虛脫無力地倒在地上。阿托菲對此毫不在意，重新面向佩爾基烏斯，一顫一顫地揮

動翅膀，想要累積力量高高躍起，不料膝蓋卻猛然一軟跪倒在地。

「哈哈——！」

佩爾基烏斯看到眼前這幕，愉快地笑了。

「怎麼？妳的動作還真是可笑啊，阿托菲拉托菲。妳又大意了嗎？大意輕敵是你們不死魔王家族的傳統技藝嗎？」

「這些傢伙是你派來的嗎！為了殺我，居然耍這種小技倆……你打算無視和卡爾的盟約嗎！」

佩爾基烏斯一邊笑著一邊俯視阿托菲。

阿托菲用僅以怒氣構成的聲音怒吼。

穆亞步履蹣跚地想接近阿托菲，但卻無法如願行動。

在場能自由行動的，就只有佩爾基烏斯他們以及克里夫而已。

佩爾基烏斯宛如看到絕佳獵物的老虎般地注視著阿托菲。

「別搞錯了。那些傢伙只是為了拯救朋友，請求吾助他們一臂之力。」

「別撒謊——！嗚嘎啊啊啊啊！」

「吾會遵守和卡爾的約定。畢竟吾和他是摯友。」

「就算你是卡爾的好友，我還是討厭你！」

「…………吾也討厭像妳這種無法溝通的愚蠢之徒。」

佩爾基烏斯這樣說完，將手心朝上，舉起雙手。

阿托菲的臉色一變。

「難……難道你……」

沒有回答阿托菲的提問，佩爾基烏斯開口說道：

「那頭龍僅為忠義而生。雙爪長而銳利，絕不握拳。」

這個開頭，我好像曾在哪聽過。

「另一頭龍憤怒之時，絕不握拳。縱使斷爪折牙，但總有一天方能得知。緊握忠義之龍，是抱著何種思念捨棄忠義！」

佩爾基烏斯咬文嚼字，一句一句唸出。

然後，每當念完一句話，我就感到周圍的魔力聚集在佩爾基烏斯身上。

「第三頭死去之龍。擁有一雙最為銳利的瞳孔，白銀鱗的龍將。以甲龍王佩爾基烏斯之名召喚——」

回過神來，在阿托菲的左右，就像要把我們全員包夾似的，出現了兩道門。

無論哪道門，都雕刻著精緻的龍形浮雕。

一扇為裝飾華美的白銀之門。

一扇為裝飾華美的黃金之門。

「打開吧，『後龍門』。」

「吸引吧，『前龍門』。」

佩爾基烏斯一聲低喃，兩道門同時應聲開啟。

有某種東西在流動。從右側的門流到左側的門。不是風。而是肉眼無法辨識的某物。

但是，我知道那是什麼。

是魔力。那道門……這種召喚魔術會吸收魔力。

我感覺到魔力從身體表面一陣一陣地流失而去。和奧爾斯帝德那時不同。比起當時，感覺身體的魔力以及體力更快遭到吸收。

「阿……阿托菲大人，請快逃吧……」

打算往這邊爬過來的穆亞臥倒在地。阿托菲的腳不停顫抖，怒瞪佩爾基烏斯。

「佩爾基烏斯——！」

她的身體，看起來比剛才還要小了一圈。

難道說她身上的鬥氣被那道門消除了嗎？

「你打算破壞盟約嗎！」

「我不會這麼做。但是，像這樣千載難逢的機會並不多見。」

佩爾基烏斯舉起右手，手逐漸染上一層白色。不久之後，右手開始發出光芒，一道炫目的白光籠罩四周。

「甲龍手刀『一斷』。」

佩爾基烏斯的手應聲揮下。一道光芒筆直往阿托菲飛去，直接貫穿。

「給我記住，佩爾基烏斯——！」

阿托菲突然僵硬。然後，經過了一瞬間的延遲，被打飛到後面去了。

她的身體一分為二飛了出去，轉眼間已經從我的視野範圍消失。

「哼，反正她也死不了吧。」

佩爾基烏斯如此低喃，然後像是失去了興趣似的回過身子。

「希瓦莉爾，回收他們四人，幫他們治療。」

「其他敵兵呢？」

「不用管。」

「魔界大帝奇希莉卡也同樣在場。」

當希瓦莉爾這樣說完，趴在我的視線角落的奇希莉卡，彷彿發出「嗚！」這樣的狀聲詞似的抖了一下。

看來不知不覺之間就把她也捲進電擊裡面了。對不起。

「別管她。」

「是！」

看樣子，他好像也願意放過奇希莉卡，太好了。

「呼～」

我看到希瓦莉爾他們靠近，總算鬆了一口氣。

……得救了。

後來，我們全部由佩爾基烏斯的屬下搬回城內。

除了克里夫以外，我們三人都被扛在肩膀上送了回來。

在這段期間，克里夫似乎和奇希莉卡聊了什麼。當我看到的時候，奇希莉卡正一如往常地放聲大笑，消失到某個地方。

希望她下次能待在更好找的地方……算了沒關係。

當所有人都完成轉移後，希瓦莉爾停止了轉移魔法陣。

這樣一來，就沒有通往魔大陸的道路了。

因觸電負傷的我們，被送往醫務室。

負責治療的人是克里夫。他自告奮勇地接下幫我們治療的工作。

克里夫一邊說著：「從來沒見過這種燙傷……」，同時用治癒魔術漂亮地治好我們因電擊所受的傷勢。

他說燙傷已經滲透到皮下組織，儘管不會致死，但如果置之不理，這次的傷勢嚴重到甚至會留下後遺症。

讓札諾巴和艾莉娜麗潔受了這麼嚴重的傷勢，實在對他們過意不去，但若是不做到這種程度，應該無法讓不死魔王動彈不得。

而克里夫特別仔細地治療了艾莉娜麗潔的傷勢。想必是因為他認為如果留下傷疤就不好了。

艾莉娜麗潔似乎對克里夫這樣的舉動非常感動，當治療結束之後，就扛著克里夫消失到某個地方去了。

治療結束之後，札諾巴依舊沒有恢復意識。

這次被他給救了，再怎麼感謝都不夠。

儘管友情無價，一旦欠缺禮數還是會消滅。等他醒了之後，再好好跟他道謝吧。

當我結束治療，身體能自由活動後，便前往希露菲的所在處。

希露菲躺在床上看書，看到進入房間的我之後便抬起頭說：「怎麼了嗎？」不解地歪了歪頭。

我對她的提問沉默以對，直接鑽進床上抱緊她，希露菲發出了小小的悲鳴。

聽到這稍顯拒絕的悲鳴，我陷入了些許悲傷的心情，依舊緊緊抱住希露菲的身體。

阿托菲的笑聲依舊在耳邊迴響，因麻痺而動彈不得時的絕望也殘留在心裡。

我應該不會在那場戰鬥中送命。畢竟阿托菲手下留情，黑鎧士兵們也沒有果斷地積極攻擊。穆亞打算使用的魔術，也並非殺傷力很高的類型。

但還是很可怕。

如果，要是佩爾基烏斯沒有趕到，我們就會遭阿托菲生擒，被迫定下契約，屆時我就沒辦法像這樣抱緊希露菲。

說不定我甚至無法看到露西長大成人後的模樣。和洛琪希也是，諾論也是，愛夏也是，再也沒辦法見到任何人……

我對這樣的事情害怕不已。害怕到讓我停不住顫抖。

正因如此，才讓我認為她的身體在我伸手可及之處，是有多麼重要。

突然，希露菲用她的手，宛如是在幫我梳理頭髮似的摸了摸我的頭。她纖細的手指既溫暖，又柔軟。

希露菲露出開心的表情回抱了我。

不需要任何說明，她只是默默抱緊我。這樣就足夠了。

我在希露菲的臂環之中，安心地進入夢鄉。

第九話「在空中要塞的一天」

轉眼間已經過了兩天。

札諾巴也清醒，活力十足地到處參觀城內的工藝品。

他說這樣一來就能心無旁鶩地參觀城內，心情非常雀躍。似乎也沒有留下電擊的後遺症，對我來說也算是放下了心中大石。

要是他就這樣昏迷不醒，陷入性命垂危的險境，我實在不知該如何對金潔交待。

至於克里夫，他發生了一些變化。

他在那場戰鬥之後和奇希莉卡說了些什麼。我還在猜想他們談話的內容，結果好像是獲得了獎賞。

說到奇希莉卡的獎賞……沒錯，就是魔眼。

克里夫得到的魔眼是「識別眼」。可以判斷映入眼簾的物體是什麼東西。好像是為了今後如果再發生類似的狀況也可以安然度過，所以才自己這樣選擇。克里夫學長總是如此有男子氣概。

然而這名男子漢現在還無法駕馭魔眼，在各方面都吃足了苦頭。

他現在眼前看到的世上所有物品，似乎都會浮現出名字和說明文。換句話說，就是充滿著文字的世界。

因此，現在要是沒有艾莉娜麗潔牽手引路，他就寸步難行。

不過，他總有一天會駕馭這種能力，被世人稱為博學的克里夫吧。

在那之前得先戴著眼罩。

再來，就是七星的病況。

喝下我們帶回來的茶葉煎煮的茶後，七星就說有了便意。

之後，七星在尤爾茲的攙扶下走進醫務室……呃，為了她的名譽，這部分就不詳細說明，總之好像可以暫時安心。

「妳身體狀況怎麼樣？」

七星還躺在病床上。

儘管臉色已有改善，但是依舊掛著一臉疲態，人也明顯消瘦許多。

就像是把肚子裡面的東西全部傾瀉而出那般消瘦。

「已經好很多了。」

聽說，姑且還是得靜養一個月，但她的心情似乎不錯。

沒有往常那種被逼得走投無路的感覺，而是掛上一臉剛睡醒的呆滯表情。

順便說一下，頭髮也四處亂翹，十分雜亂。我原本以為她平常都過著不健康的生活，看來每天還是有好好梳理。

「這次真的有勞你費心了。」

她用裝著索卡司茶的杯子暖著手，同時向我低頭答謝。

她講話難得如此客氣。

「明明是那麼危險的地方，你卻特地跑一趟為我取藥。那個……承蒙相助。」

這傢伙講話這麼有禮，反而讓我感覺噁心。

不，肯定是因為身體虛弱，連個性也跟著懦弱了吧。

「不用在意啦。」

「之前那次也是受你關照……我明明說了那麼過分的話……那個，你依舊毫不介意地幫助我，實在是不知道該怎麼向你答謝才好……」

七星露出了一臉深感虧欠的表情。

我還是第一次看到這麼畢恭畢敬的七星。

難道使用贖罪的尤爾茲的能力，不僅是體力，就連性格也會一併轉移嗎？

「仔細想想，魯迪烏斯先生明明比較年長，我卻總是用非常敷衍的口氣交談……」

「不用介意那種事啦。我在這邊也才十八歲而已。」

「請問你原本大約幾歲呢？」

「三十……不對，那種事情不重要，別再提了。另外，講話也別那麼客氣。和以前一樣就好。」

「好的。」

七星一口一口地，慢慢喝著索卡司茶。

一副這樣喝對病情更有療效的舉動。

「我想妳應該也聽說了，妳的病……」

「似乎沒辦法根治呢。」

七星患的杜萊病無法完全治好。

儘管索卡司草能夠暫時性地排泄體內魔力，但要是置之不理，總有一天身體似乎又會累積魔力。說不定是因為她原本就不是這個世界的人類，因此沒辦法免疫。

基本上，只要在日常經常飲用索卡司茶，就不會囤積太多魔力。

然而不變的是，哪怕只是微量的魔力，都會有罹患疾病的可能性。

而且，那種疾病也有可能會是遠古時期流傳下來，就連奇希莉卡也不得而知的疾病。

只要活在這個世上，就沒有辦法在不接觸魔力的情況下生活。

因為無論是在空氣還是食物之中，都寄宿著魔力。

「七星。妳必須回去才行。不可以死在這種世界。」

「……嗯。」

「直到確立方法之前，我也會盡可能協助妳。」

「可是我……」

「不需要道謝，要是途中我有事情傷腦筋，到時再麻煩妳給我建議。」

「……嗚。」

我這樣說完，七星發出鼻音開始抽泣。在壓低聲音的哽咽聲中，聽見了「謝謝你」這句話語。我在旁默默地等待七星發洩完畢。

七星哭了一陣子之後，眼睛紅腫，用鼻音說道：

「但是，我會回去喔。」

「是啊，妳應該想快點回去吧……」

「不是那個意思，是我回去之前沒辦法報答你的恩情……」

喔喔，原來她想在回去前報恩啊？意外地一板一眼呢。

「不用想得那麼複雜。我不是也有從妳那邊收到謝禮過嗎？」

「我給你的，是協助我研究的謝禮。」

「那麼，要是有小事的話我就會經常找妳商量。」

「你說小事？比方說呢？」

「像是妳這個年齡的女孩子會喜歡什麼之類。畢竟我和希露菲的夫妻生活還很漫長。儘管結了婚也生了小孩，但是那個年齡的女孩子到底在想什麼，我還是不太清楚。如果是妳的話畢竟年齡相近，應該有什麼頭緒吧？」

「……希露菲的想法？」

七星用手抵住下巴，眼睛盯著毛毯的一點。

她好像願意認真幫我思考。真是一板一眼。

「現在先不用啦。怎麼說，就是像吵起來的時候，希望妳能幫我們和好。」

「……我知道了。」

七星一本正經地點了點頭。雖說年齡相仿，但對方是異世界的居民，甚至還結了婚，這傢伙應該也不知道她的心情吧。因為連我也不知道同齡的人到底在想什麼。

「那就這麼說定了。我想妳身體應該還很虛弱，多多保重。」

「好。謝謝你。」

我離開房間。

要是和七星兩個人獨處太久，希露菲又會嫉妒了。

嫉妒的希露菲也很可愛，但是讓自己的老婆不安並樂在其中不是我的興趣。我想讓希露菲沒有任何牽掛地愛著我。

不過往往只是光說不練，就是我的缺點。

★ ★ ★

我漫步在走廊上，透過窗戶看著美麗的夕陽。

無論在哪個世界，夕陽都很漂亮。

儘管我也不是很喜歡站在高的地方，但還是會想從呈現在眼前的寬敞又美麗的庭園裡，眺望雲海中的夕陽。

我偶爾也想要沉浸在雅緻的心情之中。我這樣想著，步出城外。

修剪整齊的盆栽，以及從未見過的花草。這樣的景象在沉入雲層之中的夕陽照耀之下，營造出一幅幻想般的風景。

如果在這種地方向希露菲傾訴愛意，不知會有什麼效果。

希露菲肯定會滿臉通紅低下頭，緊緊握著我的手。那個模樣肯定非常可愛。

好，等希露菲恢復後就來試試看。

雖說也想對洛琪希做出同樣舉動……無奈這裡禁止魔族進入。

不過既然是洛琪希，就算對她這麼做肯定也會一臉平靜說：「不用說那種裝模作樣的話也沒關係喔」這樣的話吧。至於說是什麼沒關係呢，簡而言之，就是問她今晚是不是有辦法安排床上活動啦。雖然她長得這樣，但是對那方面倒是頗為開放。

但是，這樣不行。我不光是想做色色的事，也想要普通地打情罵俏。

我想看到眺望著夕陽說：「真漂亮呢」，接著被我回說：「妳更漂亮」之後感到羞澀的洛琪希。

算了，畢竟她來不了這裡，也只能作罷。

「嗯？」

當我一邊胡思亂想一邊走著，庭園的一角映入眼簾。

那邊設置著一張白色桌子。坐在位子上的是三名男女。

「這時師傅使用魔術，從師傅的右手釋放出來的紫色魔力，燒焦阿托菲的身體，才得以封住她的行動。」

「哦，阿托菲之所以變得那麼虛弱，是因為那傢伙的魔術啊？」

「魯迪烏斯先生的魔術真是深不可測呢。」

圍在桌子旁聊天的是札諾巴、愛麗兒以及佩爾基烏斯。

他們以夕陽為背景，愉快地談天說地。

儘管沒有加入對話，旁邊還看得見另外兩名人物。

是路克和希瓦莉爾。他們兩人站在旁邊，總共四個人聽著札諾巴講話。

「儘管本王子和艾莉娜麗潔大人也遭到波及，但在這廣大的世界中，能使用那種魔術的，也只有師傅一人吧。」

「吾聽說和雷光十分相像……但是，既然能讓阿托菲動彈不得，想必需要一定程度的威力。」

「那麼，後來戰況如何？」

「這個嘛，其實本王子在這時就已失去意識……啊，說曹操曹操到。」

札諾巴的視線移到我這邊。既然被他發現了那也沒辦法。

我行了一禮，走向眼前的集團。

「辛苦了。請問各位在這裡舉辦茶會嗎？」

「正是啊，師傅！佩爾基烏斯大人說務必想知道與阿托菲一戰的經過，因此本王子正在鉅細靡遺地說明。」

「原來如此。」

我望向佩爾基烏斯。他看起來比一開始在晉見之間碰面時更加開心。

「吾聽說了，魯迪烏斯。阿托菲之所以會變得那麼虛弱，似乎都要歸功於你的魔術。」

「不會，這都多虧札諾巴幫忙壓制阿托菲。如果我直接擊放魔術，說不定會遭到化解。」

「是嗎是嗎……咯咯，現在回想起來，那傢伙的樣子依舊歷歷在目。」

佩爾基烏斯嘴角上揚，露出賊笑。原來他這麼討厭阿托菲啊。

總之他顯得非常愉悅。

「您似乎心情頗佳呢。」

「當然。以前吾曾因為那傢伙吃了不少苦頭，從沒想到有機會在這種地方報一箭之仇。」

「您說報仇嗎？」

「沒錯，這是吾和她長年以來的因緣。」

接著，佩爾基烏斯開始說起四百年前的戰爭——拉普拉斯戰役的往事。

在拉普拉斯戰役時還是個毛頭小子的佩爾基烏斯，作為一名冒險者加入了人類方的陣營。在最前線的戰場，作為魔族一方的將軍在前線指揮的就是阿托菲。

佩爾基烏斯當時在戰場上多次與阿托菲交手。

然而，當時佩爾基烏斯不過是個初出茅廬的年輕小伙子，始終無法戰勝阿托菲，好幾次都差點被殺。每次都被宛如大哥的龍神烏爾佩以及北神卡爾曼所救，留下不堪回首的回憶。

之後，佩爾基烏斯心想遲早有天要報一箭之仇，沒想到北神卡爾曼居然和不死魔王阿托菲結為連理。而且他還在臨死之際，禁止佩爾基烏斯和阿托菲互相殘殺，之後自己也沒再踏上魔大陸，因此失去復仇機會。

但沒想到在幾乎放棄此事之時，居然在意想不到的時機得到了單方面痛毆對方的機會。

所以他好像對這件事感到非常高興。

「吾必須向你答謝才行。幹得漂亮。」

「請問您沒遵守和北神卡爾曼之間的約定，這樣好嗎？」

「卡爾禁止的是『互相殘殺』。如果只是單方面的痛毆，想必他也不會有怨言。」

不惜強詞奪理，也想要痛毆無法抵抗的對手，實在野蠻。

然而，這也表示他們之間的因緣就是如此深厚。

「看來，吾似乎稍微誤解你了。這麼一來，吾也得獎賞你一番才行。」

「獎賞……這倒……」

我現在不需要獎賞。那種東西就算了吧。我並沒有渴求力量。

「不然，等到七星的身體好轉，就由吾親自指導你召喚術吧。」

「……應該不至於十年都回不了家吧？」

「別把吾和阿托菲混為一談。」

既然能回家，那自然沒有理由拒絕。

更何況，我也想要更加了解召喚魔術還有轉移魔術。

因為不能保證今後不會再遇上類似這次的狀況。順便學習一下戰鬥時可以派上用場的魔術好了。雖說我不擅長爭鬥，但既然活在這個世界，還是要掌握足以脫離險境的力量比較妥當。

我自認至少擁有保護家人的力量，但是遇上九頭龍和這次這樣的對手，也無法不感到力不從心。

儘管和那種層級的對手戰鬥的狀況應該不多……

但是，等到有了萬一就太晚了。

「那個，佩爾基烏斯大人。就算等在召喚術的課上完之後也好，請問您是否能傳授我戰鬥的技巧呢？」

「哼，是被阿托菲刺激到了嗎？還是說你產生變強的欲望了？」

啊，有點惹他不高興了。不妙不妙。

「不，我只是希望再次陷入類似狀況的時候，能更機靈地脫身而已。」

「……姑且先給你用來聯繫吾的道具。希瓦莉爾。」

佩爾基烏斯這樣說完，向希瓦莉爾使了個眼色。

希瓦莉爾從懷中取出一個宛如龍盤高塔般的笛子。

「只要在和吾有因緣的場所使用這個，便會傳入轟雷的克里亞奈特耳裡，到時阿爾曼菲自然會去迎接你。」

我接下笛子收入懷中。

從剛才那番對話的走向來看，會願意給我這把笛子就表示當我遇上麻煩的時候，他會願意出手相救。

結果圓滿。

「太陽下山了嗎？」

我突然望去，發現夕陽已經在不知不覺間下山，眼前已是一片月色。

然而，周圍卻不顯得陰暗。是因為桌子和周圍的花草正散發出藍白色的光芒。

「這張桌子是以魔照石製成。你也坐下吧，再多聊一會兒。」

佩爾基烏斯如此說道，於是我也依言就座。

「礦坑族的工藝品，果然是在第二次人魔大戰前夕那時最為出色。」

「是啊。如果不是那場戰爭消滅了礦坑族的住處，如今想必已經完成傑出的作品。」

聊著聊著，會發現佩爾基烏斯是個非常有意思的人物。

他知識淵博，熱愛藝術。

另外，他也是個文化人，對於所謂創作也有自己的一番理解。

「但是，礦坑族並沒有滅絕。那個種族的手藝精巧，想必早晚就會出現能巧奪天工的傑出工匠。」

「話說起來，你們也在栽培一名工匠是吧。」

「是，別看本王子的師傅那樣，對人偶可是有很深的造詣。只要將師傅所學灌輸給那名孩子，說不定還能開拓出全新的境界。」

「吾已經見識過魯迪烏斯製作的人偶，的確非常有趣。將人以抽象化方式簡單易懂地表現特徵，著實出色。」

他們兩人愉快地進行交談。

我在知識上有略顯不足之處，無法跟上他們的話題，但這番內容光是聽著也讓人聽得津津

有味

「我並沒有那麼了不起。」

「不用謙虛。」

「不，魯迪烏斯先生的手藝，我也經常聽希露菲提及。」

這場茶會，實際上還有另外一名參加者。

佩爾基烏斯和札諾巴兩人從剛才開始就在愉快交談，但這個人只能以「啊，這麼說來」或是「說到礦坑族」來試圖加入對談，但並不順利。

由於話題內容太過核心，她和我一樣無法跟上話題。

「不光是魔術，對藝術也有很深的造詣，魯迪烏斯先生真是名了不起的人物。」

「謝謝誇獎，愛麗兒大人。」

簡直就像落單族般的這位少女，名叫愛麗兒．阿涅摩伊．阿斯拉。

聽到她這番肉麻的讚美，我也只能苦笑以對。

從剛才開始，她便化為只會阿諛附和的人偶。雖說她想得到佩爾基烏斯的協助，但卻苦無方法讓他中意。

就算像這樣待在旁邊，看起來也不像能進行一番有深度的對談。

看樣子這條路還很漫長。

「話說起來，佩爾基烏斯大人，本王子最近想把這具人偶投入市場販賣，是否能聽聽您坦

率的意見呢？」

札諾巴突然說出這樣的話。

然後，從他的腳邊取出箱子。我對那個箱子有印象。

「哦……」

佩爾基烏斯興致盎然地看著箱子。

然而，當札諾巴打開箱子之後，他便擺出了明顯不悅的表情。

「是斯佩路德族的人偶啊。」

「不愧是佩爾基烏斯大人，一眼就能說中這具人偶的來歷。」

「……」

從箱子裡出現的，是茱麗製作的瑞傑路德人偶。

和我做的成品有著不同風格，是帶有一種躍動感的傑出設計。

儘管如此，佩爾基烏斯好像不是很中意。

「你明知吾討厭魔族，還故意這樣說嗎？」

佩爾基烏斯以唾棄的眼神看著瑞傑路德人偶，充滿嫌棄地這樣說道。

「居然想販賣這種東西……不准。」

果然不行啊。佩爾基烏斯憎恨魔族。

儘管他在某種程度上還算寬容，但是他抱持著我至今見過的人之中最為嚴重的偏見。

就算讓這樣的人物見識斯佩路德族的人偶，也只是會招來不快。札諾巴想必也明白這點，他到底有什麼打算？

「但是這具人偶的原型人物，佩爾基烏斯大人應該也欠他一份人情。」

「你說人情？」

佩爾基烏斯眉頭一皺，思考了一會兒後瞪大雙眼。

「難道說這具人偶，是瑞傑路德．斯佩路迪亞？」

「正是如此。以前曾聽佩爾基烏斯大人提及，和拉普拉斯進行的最終決戰之中……曾助佩爾基烏斯大人一臂之力的人，便是那位瑞傑路德大人。」

札諾巴流暢地這樣說著。

感覺不像是臨時起意才說這樣的話。

在我不知道的期間，札諾巴也和佩爾基烏斯共度了好幾次這樣的茶會。

然後，應該是在談話中靈機一動。認為這樣的方法可以讓佩爾基烏斯接受。

「當然，佩爾基烏斯大人厭惡魔族一事，本王子銘記於心。然而，只要讓師傅的技術問世，想必會在世上刮起一陣嶄新的藝術旋風。難道您不想看到充滿藝術品的美妙世界嗎？」

「唔——」

佩爾基烏斯稍稍面有難色，應該還差臨門一腳，我也該從旁附和嗎？

「吾討厭斯佩路德族。他們躲藏在影子之中暗中活躍，殺盡無辜民眾……然而，要是沒有

瑞傑路德幫助，吾也活不到今日……可是……」

「佩爾基烏斯大人，瑞傑路德至今依舊後悔自己的所作所為。」

「後悔？」

突然其來的一句話，讓佩爾基烏斯基烏斯歪了歪腦袋。該怎麼說才好呢？

「是的。因為他被拉普拉斯所欺騙。」

「拉普拉斯啊……」

佩爾基烏斯的表情扭曲。看來選對話題的方向了。

「沒錯。拉普拉斯給了他一把會凶暴化的長槍，才導致他遭到操控，玷汙了自己一族的名譽，不僅如此，還對自己的家人痛下殺手……他對這樣的自己感到羞愧，憎恨著拉普拉斯。」

「……」

「如今，他為了取回自己一族的名譽周遊世界。這個計畫，正是為了助他一臂之力。瑞傑路德對我有恩……既然佩爾基烏斯大人也對瑞傑路德心存感激，那是否能視為報答恩情，批准我們的行為呢？」

這樣說完，佩爾基烏斯環抱手臂，閉起眼睛皺起眉頭。

過了一會兒，他喃喃說道：

「斯佩路德族的名譽與吾無關……但是，這份恩情必須要還。」

「喔喔，那麼？」

「……隨你們喜歡吧。」

儘管佩爾基烏斯露出稍微有點無趣的表情，但確實這樣說道。

這樣一來，就算販賣瑞傑路德人偶，阿爾曼菲也不會突然出現砸店。

不如說，假使有某人反對，我們還可以宣稱自己已經得到佩爾基烏斯的許可。雖然不清楚佩爾基烏斯的名字能發揮多大作用，但是著名人士的影響應該十分顯著。

不過話又說回來，真不愧是札諾巴。

居然能從對話中找出制勝之道，最近的札諾巴真的閃閃發光。我也必須向他看齊。

「感謝您的寬宏大量。」

我和札諾巴一起低頭致意。這樣一來，販賣計畫又前進了一步。

等著我啊，瑞傑路德。

「對了，師傅。把那個技術也展示給佩爾基烏斯大人欣賞如何？」

札諾巴啪地敲了一下手掌。

「那個技術？」

「就是那個，在什麼都沒有的地方製作出人偶，師傅的拿手好戲。」

我望向佩爾基烏斯，他緩緩點頭。

「用來看看吧。吾對你的魔術也有興趣。」

如此這般，我開始實際演出人偶製作技術。

要做的事情和一如往常。

以土魔術做出外型，再根據部件進行削除，雕塑出形狀

這次我試著做了黏〇人大小的作品。這種程度的話，不僅我樂得輕鬆，也馬上就能完成。

但是品質並不是很高，畢竟零件很單純。

這次試著把人偶的臉部戴上鳥形面具。是希瓦莉爾的人偶。

「……這是希瓦莉爾嗎？真是靈巧。」

佩爾基烏斯凝視我的作業流程。

他一臉興味盎然，仔細地觀察我的手部動作。

難道他看得見魔力流動嗎？就算看不見，說不定也能明白我在做什麼。

畢竟他是傳說中的人物嘛。

「居然有人能將土魔術運用在此等事情，真是令人吃驚。」

「如果您有希望看到的作品，那我什麼都能為您製作。」

「這樣啊，那麼，如果有不錯的成品就拿過來，由吾來買下。」

得到忠實客戶了。因為也不知道巴迪岡迪到底在哪裡，還是得確保這樣的門路才行。

「既然這樣——」

此時，愛麗兒也打算加入我們的對話。

「我們阿斯拉王國也有非常出色的石匠。」

她開始侃侃而談阿斯拉王國的石頭工藝有多麼優秀。

甚至還允諾自己即位之時，會製作佩爾基烏斯的雕像。

然而，佩爾基烏斯自始至終都擺出不耐煩的表情聽著，最後嫌棄地說道：

「阿斯拉王國的石頭工藝，只不過是貴族為了滿足自己的虛榮而做的吧？那種東西沒有任何樂趣可言。」

「……咦？」

對無言以對的愛麗兒，佩爾基烏斯像是要補刀一樣繼續說道：

「如果妳當上了王，與其製作吾的雕像，應該還有事情得優先處理不是嗎？」

「那……那是……」

佩爾基烏斯還沒放過愛麗兒，繼續說道：

「難不成對妳來說的王，是要使用人民的稅金，享盡榮華富貴而已？」

「……不……不是的，恕、恕我失禮。還請忘記我這份越矩的提案。」

愛麗兒眼色一沉，打算就此告退。她從椅子上挺起身子，行了一禮。

看到那副姿態，實在無法聯想到平時充滿著領袖魅力的愛麗兒。

不過這種愛理不理的態度……不管怎麼說，佩爾基烏斯的態度也太惡劣了吧。

他就這麼討厭愛麗兒嗎？是因為愛麗兒說了什麼話惹他不開心？

「慢著，愛麗兒・阿涅摩伊・阿斯拉。」

佩爾基烏斯叫住正打算快步離去的愛麗兒，用盛氣凌人的視線注視著她。

「對妳來說，所謂的王是什麼？妳認為真正的王，究竟代表什麼？」

「我想……是知識淵博，會傾聽大臣的諫言，具有身為王的自覺……」

「不對。」

佩爾基烏斯打斷愛麗兒的話，搖頭否定。

「吾所認識的阿斯拉王是名真正的王者，但他可不是像妳說的那種男人。」

「佩爾基烏斯大人認識的阿斯拉王？」

「沒錯。是在拉普拉斯戰役之後登基的，吾的朋友卡瓦尼斯．司里安．阿斯拉。」

有關卡瓦尼斯的事蹟，我也略有耳聞。

他是在拉普拉斯戰役時，阿斯拉王族最後一名倖存者。

他將因為戰爭而四分五裂的阿斯拉王國重新整合，是一位偉大的君王。

阿斯拉也因為拉普拉斯戰役飽受摧殘，即使如此，戰爭過後也沒有發生內亂，漂亮地重新整合，據說有很大一部分是因為他的本領所至。

「我聽說卡尼瓦斯大人是偉大的君王。實在不是我能仿效……」

聽到愛麗兒這句話，佩爾基烏斯再次搖頭。

「他可不偉大。他這個男人既膽小，又不喜好戰爭，總是不停逃避。他不擅念書，也沒有練武才能，總是偷偷跑到鎮上的酒館喝酒，色瞇瞇地看著酒館的女孩，就是那樣的男人。當然，他也沒有試圖成王的野心。然而，那傢伙具有身為王最重要的素質。正因如此，吾才會認為他是真正的王者。」

「請問重要的素質是……？」

「只要妳自己親口說出這點，那吾就助妳一臂之力。」

噢，原來如此。這是考驗嗎？

這是在測試愛麗兒，佩爾基烏斯要考驗她是不是值得自己出手幫助的人物。

「身為王，最重要的要素……」

愛麗兒用手扶住下顎，目不轉睛地盯著桌上的一點。

她是否想起了自己知道的卡尼瓦斯王的軼聞？不過卡尼瓦斯王好像是個宛如白痴殿下的傢伙。或者該說是類似織田信長？

「魯迪烏斯，你有何看法？」

當我正在胡思亂想時，佩爾基烏斯將話題拋到我身上。

「這個嘛，因為我不是王族，實在不是很清楚。」

「真無趣啊，大可隨意說說無妨。」

就算你這麼說……王啊……所謂的王是什麼？

簡而言之，就是幻想系故事的國王會是做什麼的人來著吧？

偉人，一國之君。就像是總理大臣那樣吧。

在前世時，我對政治絲毫不感興趣。

頂多只是看看網路上對政治家的反應，再隨意評論一下而已。

「……我認為比起自己的能力，肯願意站在國家還有民眾的立場去思考的人當上國王，應該會更加開心吧。」

「哦？」

對說出無傷大雅回答的我，佩爾基烏斯感嘆了一聲。

「愛麗兒啊，這個男人做出了比妳像樣的回答。」

「……但是，處處為民眾設想，是無法勝任王位的。」

「是啊，卡尼瓦斯也並非盡是為民眾著想。然而，周圍的人卻還是願意出手相助，因此才能進而平定阿斯拉。」

「那麼您的意思是，能否勝任王位，和能力無關？」

「妳認為無關嗎？推舉不明是非之人為王的國家，真的能成為一個好國家嗎？」

「……」

愛麗兒擺出混雜著悲傷與悔恨的表情。

佩爾基烏斯到底想讓愛麗兒說什麼……

搞不懂。算了，我不明白也沒關係。反正我又不想當什麼國王。

況且，佩爾基烏斯說不定只是想知道愛麗兒的覺悟和為人，這個提問並沒有正確答案。

話又說回來，王啊。愛麗兒不惜做到這種地步也想當上嗎？

「好好想想吧，愛麗兒．阿涅摩伊．阿斯拉……那麼，天色也暗了。差不多該回去了。」

佩爾基烏斯說出這句話，宣告這天的茶會落幕。

垂頭喪氣緩慢走著的愛麗兒，還有跟隨在她身後的路克，讓我留下深刻的印象。

第十話「轉折點四」

又過了幾天。

我和恢復體力的希露菲一起回到了魔法都市夏利亞。

當我們回到家裡，太陽已經完全下山。

儘管自己家看起來莫名令人懷念，但是從上次看到之後其實只經過幾天而已。

「我回來了～」

「來了來了，歡迎回來——……咦？哥哥？」

我打開入口大門，愛夏從客廳匆忙地跑了出來。

看到原本說或許會離家很長一段時間我已經馬上回來，出來迎接的愛夏一臉困惑。

「已經結束了？七星小姐得救了嗎？還是說……已經不行了？」

看到掛著一臉不安表情詢問的愛夏，我粗魯地摸了摸她的頭。

愛夏用平板的語調「嗚哇～」的一聲大叫，但表情並沒有厭惡。

「哥哥，怎麼了？」

「沒什麼啦。七星已經得救了。事情經過我待會兒再說明。洛琪希已經回來了嗎？諾倫呢？」

「諾倫姊在學校。我想洛琪希姊姊應該待在房間。媽……莉莉雅媽媽正在洗衣服，塞妮絲媽媽已經在休息了。」

「是嗎，諾倫還在學校……抱歉，能幫我叫一下洛琪希嗎？」

「好喲——」

過了一會兒，洛琪希走下樓梯。

她可能是在桌上打盹了一陣，頭髮顯得有些凌亂，臉頰還留著紅色的痕跡。

「歡迎回家，魯迪，怎麼了嗎？」

「我待會兒就說明。不過，在那之前……」

我把手伸進洛琪希腋下，緊緊抱住她。

因為我已經和她約定，回來之後要好好抱緊她。

「哇……」

洛琪希雖然感到不解，但也把手環到我的背後抱住我。

「我回來了。」

「歡迎回來。」

就這樣，我回到家裡。

★　★　★

「以上。」

之後，我向家人進行回歸報告。

要說的事情很多。

儘管沒有全部詳細說明清楚，但已經說完必要的事情。

尤其關於塞妮絲的詛咒，我盡可能地字斟句酌，表示今後還是必須對各種事情謹慎以對。

「我會暫時在空中要塞逗留一陣子，但是最少三天就會回來一次。」

我先這樣宣言。

在愛麗兒得到成果之前，希露菲應該也會暫時住在空中要塞。她似乎也打算幾天就回來一次。

儘管沒有辦法去學校……算了，只要出席班會露個臉應該就不成問題。反正最近也沒有在上課了。

「我明白了，魯迪烏斯大人。家裡和塞妮絲夫人的事情請全部交給我吧。」

莉莉雅堅定地回答。我也給她添了不少麻煩。

不管怎樣，這樣一來報告就結束了。家庭會議到此解散。

「呼～總覺得累壞了呢。我要先休息了，魯迪要怎麼做？」

「我去洗個澡之後就睡了。」

「呃……要在床上等你比較好嗎？」

「不，今天就不用了。」

「我知道了。」

結束這樣的對話之後，我和希露菲道別。

仔細想想，這幾天都只有沖澡而已，實在讓人懷念泡澡的感覺。

因此我直接前往浴室，用魔術重新加溫浴池內剩下的熱水。全手動熱水器——倫巴烏斯威力全開。

其實應該要洗過身體之後再進去泡的……算了沒差。

我脫下衣物，咕咚一聲浸到浴池裡面。

「呼～」

一旦被熱水包住身體，就湧起了一股疲憊的感覺。

儘管自己沒有注意到，但這十天下來似乎累積了不少疲勞。

不過，十天啊……自從前往佩爾基烏斯的城堡之後，也才經過了十天左右。

在這短短的期間，還真是發生了許多事情。

七星病倒、前往魔大陸、遇見奇希莉卡、惹怒阿托菲……

阿托菲還真強，感覺完全沒有勝算。

雖說認為能贏得了那種程度的對手就是個錯誤……

不過，電擊的魔術管用。

只要以對方大意為前提，我也有機會取勝。

應該要進一步研究這個魔術好好鍛鍊一番。起碼要改良到就算周圍浸濕，也不會讓自己受到波及的程度。雖然我對該怎麼做完全沒有想法。要把全身用橡膠包起來？像伸○人那樣。

（註：ストレッチマン，是ＮＨＫ教育電視台的角色。全身包著黃色橡膠）

阿托菲的部下穆亞也很強。

感覺無論使用什麼魔術都會遭到對應。

他似乎知道現存的所有魔術，也知道應對法。

我至今為止見過的實力高強魔術師頂多只有洛琪希，但是嚴格說起來，她的專長是對付魔物。我還是第一次看到對人戰的專家。

這次歸功於亂魔和義手才總算順利解決，但是面對那樣的對手，應該要怎麼應付才好？雖然我想對上了強大對手，原本就不存在什麼標準對策……

無論如何，如果那樣的對手真的比比皆是，那我還是再變強一點比較妥當。

我一直認為與那種對手認真交手的機會應該不多，但看來好像幾年就會遇到一次……

問題在於我該怎麼樣變強。

我似乎是無法纏繞鬥氣的體質，要鍛鍊自己本身也有極限。

話雖如此，只要能戰勝對手，我自己本身很弱也不要緊。

以這種角度來看，向佩爾基烏斯學習召喚，說不定是個不錯的方向。

就算過度改變方針，最後縱使樣樣精通，也只是梧鼠技窮，而落得失敗的下場。以我的前世得到的經驗來說是這種答案……但畢竟在這個世界真的會遇上各種狀況，增加自己的套路，想辦法學會形形色色的事情，或許才是明智之舉。

對了，可能的話，我也想要學習繪製轉移魔法陣的方法。

為了今後就算發生這樣的事情，也能夠馬上採取行動。

儘管那是禁忌，我自己也認為轉移本身很可怕，但是正因為害怕才不得不學會。因為知識就是力量。

然後，就是聯絡手段。

雖然這次沒有用到，但愛麗兒持有的戒指就歸在此類。我想要再稍加改良，變得能夠傳送簡單的訊息。儘管應該沒辦法達到在世界各處都能使用的水準，但至少也要有像 BB.Call 那樣的功效。

還有，是什麼來著？去魔大陸的時候，我好像也在思考某件事情……

「啊啊，我老是這樣。」

仔細想想，我總是忘東忘西。

每次都是突然靈機一動，想要找個機會付諸實行，新點子卻在這段期間又接二連三浮現，導致舊的想法漸漸遭到遺忘。

儘管我自認記憶力算好，但是就這樣不了了之的事情實在太多。

不行啊。這樣下去感覺之後好像又會重蹈覆轍。

這次是運氣好。但是，無法保證下次也能如此順利。

要是不能記住反省過的事情，就無法運用在今後的行動上。

可是，該怎麼做呢……嗯——

對了。我好像曾經在哪聽過，這種情況最好用筆記先記下來。

「……好，來寫日記吧。」

試著說出口之後，讓我覺得這主意實在不錯。

事件、教訓、不足之處以及必須之物。將這些一一列出，考察解決方法。決定優先順序，定下明確目標，選擇下次該做的事。這樣一來，就不會仰賴運氣，能讓反省反映到下次的行動。只要減少會重蹈覆轍的舉動，應該就能減少犯下重大過失的慘況。

雖說只是寫個日記，未必就能讓所有事情都上軌道，但以主意來說還不壞。嗯。感覺好像

還不賴。好，來寫吧。現在立刻寫下來。

想到這裡，我從浴室飛奔而出。

「話是這樣說，但市面上沒有販賣日記簿什麼的。」

我草草擦拭身體，走進自己的研究室。

在椅子上就座之後，我抽出放在櫃子最下層的一捆紙。

就算沒有日記簿，只要寫在紙上也是相同。重要的是寫下來。

不過，光是這樣寫下也很空虛。稍微加工一下吧。我不會說做什麼就要像什麼，但裝飾門面肯定沒有壞處。

我將紙張整理好放在桌上。用魔術將紙張打孔。再用土魔術製作環狀物穿過去。

接下來要準備的，是三塊板子以及合頁。將這個隨意組裝在紙捆的正面、右側面與背面，使其可以自由開合。做完這個步驟之後，再和剛才的環狀物合體。

轉眼間就完成了一本活頁式的日記簿。

成本不花任何一毛錢……不對，應該要算上紙張的開銷。

如果在這邊製作打孔機之類加以販賣，是不是能大賺一筆？

這點也寫下來吧。因為點子要是不事先記下來很快就會忘記。

打孔機是什麼構造來著？呃……不對，比起那個，應該有必須先寫下來的東西。

「要從什麼開始寫起呢？」

我上次寫日記是什麼時候？

前世在當尼特的時候，也曾經模仿網路的文書網站寫過類似的東西，但沒有維持很久。希望這次不要三天打魚，兩天曬網。

因為這具身體只要形成習慣就肯去做，應該不成問題。

不對，還是別用這具身體這種事不關己的說法吧。我是一旦習慣就會辦到的類型。不要緊的。

我一邊想著這些事，一邊寫下這十天以來的事情。

「…………呼～」

不知不覺間，我陷入夢鄉。

★★★

我位在白色的場所。空無一物的純白場所。

然而，我對這個場所有印象。

感覺就在前幾天，受到佩爾基烏斯的轉移魔術移動時，也曾看過這個場所。

這裡是什麼地方？儘管至今為止我都沒有在意，但這是位於這個世界上某處的場所嗎……

不過話又說回來，每次來到這個場所的時候都會變成這個姿態，不能想想辦法嗎？

胖子，又是尼特，一無是處時的這副模樣。

儘管我沒有打算視而不見，但多少還是會感到不快。

不過被佩爾基烏斯召喚時，並沒有變回這副模樣……

「嗨。」

一回過神，那傢伙出現在眼前。

一張平淡無奇的白臉，臉上掛著淺薄的微笑，還打著馬賽克。而且那傢伙的臉在看到的那個瞬間，便會像是被沖淡般地從記憶中消失。

是人神。

「好久不見。」

是啊，真令人懷念……有兩年不見了吧？

「已經過了那麼久啦？」

之前收到你的建議，是在我前往貝卡利特大陸之前。換句話說，應該是兩年前。

「感覺也沒那麼久呢。」

畢竟在當冒險者的那三年期間，你倒是一次都沒有出現過嘛。

真令人懷念。當時的我發生了許多事，正在自暴自棄。

「是啊。和當時相較之下，最近的你倒是過得挺順遂的嘛。」

也是啦。我結了婚，和家人的關係也處得不錯，確實是前世無法想像的充實生活。

「況且你還結識了佩爾基烏斯嘛。」

佩爾基烏斯啊。他是個很了不起的人。

居然能結識那樣的人，前世的我根本無法想像。而且還很中意我。如果我製作出不錯的人偶，他可是會買下來耶。在前世的我根本沒有達到能把東西賣出去的水準。

「連阿托菲也很中意你。」

哎呀～那倒是有點敬謝不敏。

但是，能夠被她中意，可以說是我至今以來的訓練成果吧。

多虧了現在的體術以及魔術。要是沒有向洛琪希學習水王級魔術，這次說不定就完蛋了。

那個電擊相當有效。

「是啊。那個魔術很驚人喔。如果是那招，對奧爾斯帝德肯定也管用。」

對奧爾斯帝德也管用？

「能夠無視鬥氣，只對身上肌肉產生物理性麻痺的魔術可是很少見的。」

是嗎？他沒有應付觸電的對策嗎？

但既然是奧爾斯帝德。反正肯定會用亂魔或是其他招數無效化吧。

「就算整體實力劣於對方，還是能獲得勝利。」

也對……不對不對，這不可能。就算我多少變得會使用一些奇妙的魔術，也改變不了被奧爾斯帝德虐殺的結果啦。

更何況，我根本沒有幹勁。畢竟我和奧爾斯帝德無怨無仇。

「是嗎？」

話說起來，在貝卡利特大陸那時，多謝你救了我。

確實，要說不後悔的話是騙人的……

但是，結果並不壞。只是……我沒有聽從你的建議。

「這個嘛，那也是你的選擇。」

姑且還是問一下，要是我沒有去的話，情況會變成什麼樣？

「如果你沒有去的話，你的父親會設法救出你母親，而且也不會死。然後，你會把獸族的兩位公主納為己物，過著幸福的生活。」

…………那算什麼？難道說保羅之所以會死，都要歸咎我過去幫忙嗎？

「是啊。不正是因為有你在，他才會鼓起幹勁，想讓你看到厲害的一面，所以才導致悲劇發生嗎？」

不對，可是。怎麼會…

「就算放著不管，他也會好好地收集同伴，救出你的母親。當然，洛琪希也是。」

那算什麼？你的意思是……我所做的一切，都是白費工夫嗎？

不對，我去的時候洛琪希已經處於瀕死的險境。

要是我不去的話她也能獲救，這樣不是很奇怪嗎？

「不，就算你不去，洛琪希還是會得救。因為那就是她的命運。」

什麼意思？命運是什麼意思？你倒是好好說清楚啊。

「關鍵在於你救的那名商人。要是沒有你的話，他的行李會更慢運到那個城鎮。他的行李送達的那天，會有一名冒險者漫步在市場。而他會與你救的那名商人相遇，買下那份行李。就是魔石。但是如果商人不在的話，他就會購買其他物品。」

其他物品……

「就是轉移迷宮的地圖。」

為什麼會碰巧在賣那種東西啊？

「因為在冒險者公會勸誘前衛失敗的基斯，為了要增加攻略那個迷宮的冒險者數量，才會如此計劃。作為計畫一環，他廉價出售那個迷宮的地圖。」

……原來如此。是基斯賣了那個地圖。

確實，想和保羅等人一起潛入迷宮的傢伙或許為數不多，但是如果認為可以靠自己攻略，或許就會有人願意進去。

所以，意思是買下轉移迷宮地圖的冒險者，和同伴一起進入轉移迷宮，救了洛琪希？

「沒錯沒錯，他們在入口和你父親撞個正著。所以才一起潛入迷宮。幸運地找到了洛琪希。」

然後，歸功於冒險者增加的緣故，才得以順利攻略轉移迷宮，最後也成功救出了母親？

「正是如此。不過，比你在的時候還花了更多時間……大約兩年左右吧。現在應該正好被救出來。」

有點難以置信啊。

這樣也發展得太順利了吧。

「或許吧。不過，所謂的命運就是那樣的東西。」

是嗎？也對，畢竟俗話說事實比小說還要離奇。

這樣啊。原來我不在的話會比較好啊……可惡！被你這麼一說又要消沉了。

不對喔，在那種狀況下，我就沒辦法和洛琪希結婚了吧？

「是啊。因為她會對拯救自己的對象一見鍾情嘛。雖然到頭來會被甩掉就是。」

這麼一想，感覺也並非都是壞事嘛。

畢竟我喜歡洛琪希……但是，保羅卻死掉了。

明明我和洛琪希結婚，保羅卻因此犧牲，實在讓人無法釋懷。

現在，我並不後悔和洛琪希結婚。

她作為我的妻子身分也十分盡心盡力。我很幸福。

但是，如果也能和莉妮亞及普露塞娜變成類似關係，這樣的話，我應該也會感到幸福。雖然不是說任誰都好，但是在那種情況下的我，應該無法想像自己會和洛琪希結婚吧。

啊啊，可惡……

「事情都過去了。」

是啊。就算後悔也無濟於事。實際上這些事情並不會發生。嗯。

我現在感到很幸福。或許我搞錯了選項，但那是事實。

雖然也會覺得後悔，但是對我來說並非都只是壞事。就這麼想吧。

「真是正面啊。」

話說回來，今天是怎麼了？

難道又要發生會讓我傷腦筋的事情嗎？

「沒啦，並不是什麼大事。與其說是建議，比較接近拜託吧。」

拜託？你嗎？真難得啊。一直以來明明都沒做過這種事。

「我偶爾也會拜託別人的。」

是喔——算了，你就儘管說吧。

因為我偶爾也會心想，要是有坦率地實行你的建議也不錯。

畢竟我至今以來疑心病實在太重。

「哦，是嗎？幸好你願意這麼說。」

是啊，畢竟你幫了我不少忙。

不如說，至今為止一直懷疑你，抱歉。原本以為你是看著我享樂的愉快犯呢。

「真過分啊。別看我這樣，好歹也是人神。我可是神明喔。當然啦，因為無聊自然會想看

一下有趣的事物，但是，我不打算把陷害別人樂在其中，當作自己的興趣。」

也是啦。不會有那種人嘛。

「沒錯。」

那麼，我該做什麼才好？

「不是什麼大事啦。我希望你待會兒去一趟地下室，幫我看看有沒有異常。如果什麼事都沒發生，這樣就可以了。」

有沒有異常？為什麼……算了，我知道了。這次我就別再心存疑慮，老實按照你的吩咐行動吧。

「呵呵，是嗎……謝　謝　你。」

在逐漸朦朧的意識中……我感覺人神的嘴角似乎裂開到讓人噁心的程度。

★

★

★

我清醒過來。

在視野的一側，是蠟燭搖曳的火光。

我從採光的小窗看向窗外，月亮高掛在天上。

聽不見任何聲音。四周一片寂靜。

看樣子，我好像是在寫日記的途中睡著了。在寫到一半的日記上，還沾著滴下來的口水。

看樣子得重寫一份了。

我撕下一頁，放在桌子的角落。待會兒再抄一遍繼續寫下去吧。

不知道自己睡了幾個小時。身體慵懶得彷彿沉睡了好幾天。

我挺起身子，發現有東西從我肩膀滑落。仔細一看才發現是條毛毯。

想必是希露菲或是洛琪希幫我披上的吧，真是謝謝她們。

「好啦……」

我還記得夢境的內容。

是要我去查探一下地下室的狀況對吧？

這個建議有些不知所謂。

算了，只有一次的話，照他說的去做也沒什麼不好。那傢伙目前為止的建議，從來沒有一次導致對我不利的結果。偶爾也想要讓彼此都能滿足地好好行動。

就算是人神，也不希望每次提出建議都得受到我一番冷嘲熱諷才是。

就算只是 Give & Take 的關係，如果不好好維持，要是遇上萬一，狀況就會大不相同。

「哈啾！嗚……好冷……」

當我打算前往地下室時，打了個大噴嚏。

這一帶就算到了初春也會殘留積雪，依舊寒冷。不應該在這種地方睡著。還是快點回到寢室，在溫暖的被窩入睡吧。

我一邊這樣想著，同時穿上了掛在牆壁上的長袍。

話說，現在幾點啊？

從家中鴉雀無聲的這點來看，可以肯定是深夜。

現在要是回到希露菲或是洛琪希的房間偷偷鑽進被窩，正在熟睡的她們肯定會發出慘叫……就算不做色色的事情，我還是想要一點溫暖。不如說，感覺沒來由地就思念人體的溫暖。

這都要怪人神不對。如果他沒告訴我不去貝卡利特大陸的話會怎麼樣就好了。

不對，問的人是我，所以得怪我自己。既然錯的人是我，那就一個人睡吧。

我一邊這樣想著，同時打開房門。

「嗯？」

突然，我察覺到一股氣息轉頭望去。

然而，只有我剛才坐過的椅子孤零零地擺在那裡。

沒有任何人。這也是理所當然。

「是我多心了嗎？」

這間房間裡面，只有擺放桌子、椅子以及書架。

沒有可以隱藏的場所。儘管有窗戶，但大小無法讓人類出入。
入口只有一處，就是這道門。
在這狹窄的房間裡，只要有一根蠟燭，就能確認是不是有人位在此處。
在這間房裡，應該只有我一個人。
為什麼會感覺到氣息？
明明應該沒有任何人。
然而，不知為何，我現在依舊感覺到一股氣息。
真奇怪。難道是書架下面有蟲子嗎？
「……？」
但是，即使如此，該怎麼說呢？胸口深處有一股靜不下來的感覺。
是不安嗎？為什麼我會感到不安？
「算了，趕緊去地下室看看吧。」
當我打開房門，正要走出房間……
「就是現在！」
我再次回頭。並沒有特別含意。
我只是不由自主地想這樣嘗試。
只是想藉著這麼做確認沒有人在，好讓自己安心。

可是。

那裡。

卻有個人。

「……咦？」

身披破爛長袍的男子，坐在這間房裡唯一的椅子上。

是名老人。臉上刻著滿滿皺紋，滿頭白髮。

臉上長滿了邋遢的鬍鬚，給人一種不整潔的感覺。

他給人的氛圍，既老練卻又頹廢。

有種身經百戰之人特有的霸氣。

他目光銳利，左右瞳孔的顏色有些許不同。然後，嘴角像是感到詫異似的微微顫抖。

「成功……了嗎……」

老人環視周圍，感慨萬千地瞇起了眼睛。

然而，他看著自己的手，摸了腹部一帶之後，露出恍然大悟的表情，自嘲地笑了起來。

「不……失敗了啊。說起來根本不可能成功……」

我感覺與這名老人似曾相識。

但是，我卻想不起來。

可是，他很相似。是和誰長得相像？保羅？不對，紹羅斯嗎？但是，他並不像紹羅斯那樣豪放。這名老人，我猜他應該更加膽小。

「你……你是誰？啊，難道說，你是人神？」

當我說出這個名字的瞬間，老人朝著我的方向，使勁瞪大雙眼。

我對這個反應有印象。

是奧爾斯帝德。奧爾斯帝德也對人神這個詞彙反應過剩。和當時一樣。

但是，這名老人和奧爾斯帝德完全不像。

「不對。」

男子慢慢地搖了搖頭，目不轉睛地盯著我的眼睛。

他的目光強而有力，讓我無法移開視線，彷彿要被他吸入其中。這種感覺簡直就宛如窺視著鏡子……

老人看到我身後的那扇門，皺起眉頭。

他用骨頭突起的指頭指向我的背後。

接著抽動手指，在那一瞬間，我背後的門應聲關上。

「！」

我聽到「磅」的一聲後才猛然轉頭望去。

這傢伙剛才做了什麼？

老人向混亂的我投以銳利的目光，並這樣說道：

「別去地下室。你被人神騙了。」

「咦？」

我被騙了？什麼意思？怎麼了？現在是怎樣？

「先等一下，在那之前，你……到底是誰？是從哪裡進來的？」

「我是……」

聽到我的提問，老人一度開口，但卻又閉上了嘴巴。

稍微思考了一下之後，他再次開口說道：

「我的名字是『————』。」

聽到那個名字，我感受到一股前所未有的衝擊。

老人報上的那個名字。

那是在這個世界上，只有我知道的名字。

那是到死為止，都應該只有我知道的名字。

是我不願想起的名字。

是不存在於這個世上的人物的名字。

那是——我前世的名字。

「我來自未來。」

第十一話「結束與開始」

「我來自未來。」老人這樣說道。說實話，我不明白這句話的意思。但是，老人和我確實很相像。

「未來……那你是未來的我嗎？」

「沒錯。我，大概是距今五十年後的你。」

老人直截了當地這樣說道。突然被人說這種話，我也不知道自己該不該相信。

但是，這傢伙知道我的名字。

那是至今為止，我從來沒對任何人提及的，自己的名字。

話雖如此，這個世界存在著魔術。那麼是否也能讀取別人記憶？

但是，我是帶著記憶轉生到這個世界來的。那麼，就算有時光倒流應該也不足為奇。

……我沒有辦法判斷這件事的真假。

「抱歉，我沒有時間向你說明過去轉移魔術的理論。」

「你說沒有時間說明……」

「抱歉，說得像是好萊塢電影一樣，但是我真的沒有時間了。注意聽好。」

可以自然就說出好萊塢電影這種台詞。也就是說，這名老人毫無疑問地和我的前世有關……他真的是我嗎？

目光炯炯有神。在瞳孔深處，隱藏著某種昏暗的東西。講白一點，就是殺人如麻的傢伙會有的眼神。那是完全不把人命當一回事的冷酷眼神。

意思是我將來會變成這樣嗎？怎麼可能。

實在難以置信，但是，老人的表情一臉正經。

姑且，假設這名老人是五十年後的我，就相信他，聽聽他怎麼說吧。

「地下室裡什麼都沒有。」

老人開始喃喃說道。

「我去了一趟地下室，認為那裡什麼都沒有。然後過了幾天，人神說既然什麼都沒有就好，於是我也不以為意。」

老人不悅地板起臉來。

「但是，那是錯的。我現在可以解釋得通。」

老人像是憶起了什麼似的，用左手的食指抵住額頭。嗯？那是真的左手？

「聽好了，雖然是我的推測，但地下室八成有老鼠。而且是一隻帶病的老鼠。牠的特徵是長得像紫色魔石一樣的牙齒。我不清楚那隻老鼠是從哪裡，什麼時候跑進家門。恐怕是在空中要塞的傢伙混進行李裡面一起跟回來的吧。算了，牠來自何處跟本無關緊要。」

老人張開手掌，接著使勁握緊拳頭。

「老鼠會因為被你嚇到而逃走，一路逃到廚房。然後，牠偷吃了昨晚的剩飯之後，在隔天死去，是被愛夏處分掉了。」

「……」

「那些剩飯，會在隔天被愛夏分給野貓，吃得一點也不剩。」

老人的左手不是義手。他真的是我嗎？還是說，他在今後的五十年之間用恰當的治療魔術治好了嗎？

「但是，在那之前，餓著肚子的洛琪希會下樓，稍微吃了一點那些剩飯。結果，感染了那隻老鼠所帶有的疾病。」

「咦？洛琪希會生病？」

聽到洛琪希的名字，我把意識集中在老人說的話上。

「是魔石病。」

魔石病。感覺曾經在哪聽過。對了，我記得是只有用神級的解毒魔術才有辦法治好的疾病。

是一種會使患者身體逐漸化為魔石的難治之症。之前是在哪裡聽過來著……

「我起先也沒有注意。畢竟人類罹患魔石病的機率非常少見。那種病原菌會寄宿在體內，只會感染到另一個生命。」

「另一個生命？」

「沒錯，就是胎兒。只有孕婦才會罹患那種疾病。我也是透過之後研究發現才大吃一驚。」

「咦？不對，但是，洛琪希還沒……」

「她應該已經懷孕了。不過這也沒啥問題。既然該做的事情有做，這也是理所當然。」

洛琪希懷孕了。該怎麼說，明明應該很讓人開心，聽了剛才的說明讓我完全高興不起來。

「魔石病會以老鼠作為傳播媒介。不知為何，一部分的老鼠對其擁有抗性。病原體一目了然，牙齒會變成紫色的結晶。然後，被老鼠咬到的東西就會沾上病原菌。這種病只會經由口腔傳染，而且病原菌無法久活。頂多半天就會死滅，而且感染力薄弱，會罹患這種疾病的，只有在孕婦體內的胎兒。」

「……」

「病原菌會在胎兒體內成長，就這樣代替胎兒，將母體魔石化。」

……意思是洛琪希會染上這種疾病嗎？

「如果你就這麼不經大腦地前往地下室，把老鼠放到外頭，隔天愛夏就會向你抱怨『一大早就看到奇怪老鼠的屍體』，大約兩週之後，就會得到『發現罹患魔石病的貓』這樣的情報，

緊接著洛琪希就會開始發燒。」

「……洛琪希……會怎麼樣？」

「會死。」

毫不留情的一句話，讓我啞口無言。

「洛琪希會動彈不得，一直臥病在床。當她的腳尖開始結晶化，我才知道那是魔石病。」

「沒辦法治好嗎？你有試著治好她對吧？」

老人露出悲傷的神情低下頭。

「我為了設法解救洛琪希前往米里斯神聖國，最後成功獲得了神級解毒魔術的詠唱……然而途中發生了許多事，花費太多時間。當我回來的時候已經太遲了，洛琪希的身體有一半遭到結晶化，死了。」

「怎麼會……」

但是，老人立刻抬頭，對我投以銳利的目光。

「把這一連串的事情連成一線，是在那三十年後，因為人神的一句話。不要被那傢伙說的話迷惑。如果是擁有前世知識的你應該能夠明白。那傢伙才是萬惡的根源，最終頭目。」

「可是……那個，他為什麼要把洛琪希……？」

「這點我到了現在也無法釐清。但是，他會這麼做肯定是基於某個目的。那傢伙在最後，自己親口這樣說的……『多虧你是個笨蛋，才能讓事情按照我所想的發展喔』……可惡！」

人神親口說了那種話？

可是，唔……？

「……關於人神的目的，奧爾斯帝德或是拉普拉斯說不定會知道些什麼……但是我在這五十年來，從來沒有遇到他們兩人。恐怕就算你主動去找，也很有可能找不到他們。」

「難道七星不知道奧爾斯帝德的下落嗎？」

當我提到七星的名字，老人露出了悲傷的表情。她也不知道嗎？

「我沒有問。但如果是在現在的時代，去問那傢伙說不定也是個方法。就算她不知道奧爾斯帝德在哪，那傢伙對這種事情也有自己的一套想法，說不定會給出什麼不錯的建議。」

「……七星她怎麼樣了？」

「…………」

老人沒有回答。

他只是露出悲傷的表情。但是，稍過一陣後又開始喃喃說道：

「她會在最後的最後，功虧一簣。然後，為此沮喪不已，我……也沒辦法好好鼓勵她……然後……」

七星沒能回去。然後，她因此陷入絕望，難道說，她自己親手……

「我知道了。別再說了。」

「嗯，我也不想提起這件事。」

老人抬起頭來，宛如要振作精神似的，繼續說下去：

「聽好了。你在距今十年之後應該也會知道……人神(HITOGAMI)……原本在這個世界並不是被這樣稱呼。」

「……什麼意思？」

「人的神，寫出來的話就是JINSHIN。JINSHIN這個名字無人不曉，但是HITOGAMI這個講法，只有見過那傢伙的人才會知道。雖說我不知道他之所以這樣做的目的……反正肯定是為了把認識的傢伙耍著玩吧。」

……原來如此。怪不得他們會對人神(HITOGAMI)這個單字反應過剩。

原來那是只有見過那傢伙，還被他所騙的人才知道的名字。

「那傢伙乍看之下，盡是說些好像為我著想的話。」

老人再度握緊拳頭。那雙瞳孔之中，只閃耀著憎惡的光芒。

儘管他釋放出驚人殺意，但不知為何，我並不覺得恐怖。

「確實，他直到現在這個瞬間為止都沒撒過謊。從沒撒過我聽得懂的謊言。」

他的拳頭不斷顫抖。在他拳頭的周圍看得見某種東西。有種宛如紫電的物體霹靂啪啦地纏繞在拳頭上。

「這一切，全都是為了這一次！為了讓疑心病重的你，毫不猶豫地遵照他的指示行動的這個瞬間！」

看到老人拳頭周圍飛散的火花，我愣在一旁，但也擺出架勢。

「不要被他騙了！你也在漫畫上看過吧？那種把相信不相信掛在嘴邊的傢伙，絕對會說謊。」

「你說的我懂，但是……」

老人以擠出最後一絲力氣般的聲音說道：

「你根本不懂。在洛琪希之後，下一個就輪到希露菲了。失去洛琪希悲傷不已的你，有好一陣子無法考慮希露菲的事情。害得希露菲因此受傷，鬱鬱寡歡。這個時候，那傢伙操控路克介入其中。」

「操控路克？」

「是啊，在那之後，你會從當時和路克交往的女人口中，聽說『一早起來，路克就焦急地說聽到神明的啟示什麼的』。」

「然後……會怎麼樣？」

「路克會向愛麗兒進言，導致希露菲決定拋下我前往阿斯拉王國。和無法拉攏佩爾基烏斯的愛麗兒一起！身處劣勢的愛麗兒，決定孤注一擲引發內亂……然後敗北。希露菲……也會跟著一起戰死。」

戰死……會死？希露菲？

「你……將會失去那兩個人。」

老人搖了搖頭，同時咬牙切齒發出響聲。

「啊啊，就算到了現在，那傢伙向我攤牌時的聲音依然留在耳邊。他說『辛苦了』之後，拍了拍我肩膀時的觸感，還有高亢的笑聲……可惡！混帳！」

老人猛力敲了桌子。

那個瞬間，紫電向周圍飛散而去，房內瞬間亮得有如白晝。

儘管光芒瞬間消失，桌子依然留下了燒焦痕跡。

老人或許稍微冷靜了一點，重重吐了一口氣。

「我再說一次，別相信那傢伙。否則你會後悔的。」

老人說到這裡，突然按住自己的腹部。

我不經意地一看，他的臉色看起來比剛才還要稍微差了一些。

「已經沒有時間了啊……不過，就算我這樣說，你也不知道自己該怎麼做吧。」

老人面無血色，眼睛下面已經形成了紫色的黑眼圈。

老人重重吸了一口氣，再痛苦地吐氣。總覺得他似乎馬上就要死去。

難道他罹患了疾病嗎？

「首先，對，是艾莉絲。」

聽到艾莉絲這個名字，我感覺自己眉頭一皺。

「我希望你現在立刻寫信給她。總之呢，就寫說雖然是稍微花心了一點，但是我依然愛著妳這樣。」

「我才沒有愛著她。我可是因為她才導致ＥＤ的耶。」

「你就原諒她吧。那樣才稱得上是有肚量的男人不是嗎？」

「……」

老人露出自嘲的笑容。

「是說，我就沒有原諒她，所以才和那傢伙對立了好幾年。」

「對立？」

「我有好幾次都差點被艾莉絲殺死。不管我跑到哪裡，那傢伙總是會追到天涯海角，每次碰頭都會全力開戰。不過，我想她應該有手下留情吧。要是那傢伙真有心要殺我，方法明明要多少有多少。那傢伙在能殺我的時候絕對不會動手。不僅如此，當我因為其他事情遇上危機，她還會暗中幫助。簡直就像是貝〇塔一樣。」（註：出自《七龍珠》）

居然說是貝〇塔……

「不過基本上，那傢伙和蔬菜國的王子殿下不同。艾莉絲只是想要陪在我的身邊而已。那傢伙，其實一直喜歡著我。喜歡我，為了我賭上性命……但是，她不善言詞，不知道該怎麼表達才好，所以到頭來只能毆打我而已。」

就算說這種話，但我都已經有家室了。

當然啦，我也曾經有過喜歡艾莉絲的時期。但是，那……都已經是過去的事情了。儘管那

是我必須清算的過去，但都已經結束了。

「可是，我還有希露菲和洛琪希……」

「沒有問題。希露菲對這種事情很寬容，洛琪希一直認為自己配不上我，所以也會原諒你的。艾莉絲也是，只要事前好好說明，她肯定也會接受。你也一樣，其實你還喜歡著艾莉絲對吧？啊，不過你可要做好被揍的心理準備啊。因為那傢伙就是那樣的女人。」

「就算你這麼說……」

「被喜歡自己的所有女人包圍。很好啊，有哪裡不對了？這才是個有出息的男人吧。」

「別因為事不關己就擅自下結論啊。」

「我身邊已經沒有任何人在了。正因為是自己的事，我才能這麼說。」

老人說的這句話，莫名地具有分量。可是……

「我還是得對希露菲以及洛琪希負責……」

「說到負責，你應該也得對艾莉絲負責吧。那傢伙一直為了你努力到了今天。她只是稍微有點不善言詞，所以才沒能好好傳達給你，直到現在也是。如果你不負起責任，那傢伙的努力又算什麼了？……你到時可是會這樣被基列奴責備啊，在艾莉絲的遺骸面前。」

艾莉絲的……遺骸？

「難道，艾莉絲也死了嗎……？」

「是啊，為了保護我而死的。我記得……那是和阿托菲再戰的時候吧。認真的魔王大人超乎想像地強，我太大意了。」

老人以懷念的口吻這樣說道，歪起嘴角。面對阿托菲也敢大意，未來的我到底有多強啊？甚至讓人懷疑他真的是我嗎？

「聽好了，絕對要寄信給她。如果你不想後悔……現在應該還勉強來得及。」

「啊……噢，這個嘛，既然你都這麼說了我是會寄。但是我要寄去哪？」

「是劍之聖地。你也隱約察覺到了吧。」

劍之聖地啊。離夏利亞並沒有那麼遠。應該說如我所料嗎？她果然在那裡修行。

「我明白了。」

「可別寫些尖酸刻薄的話啊。要是艾莉絲自暴自棄，你肯定會被殺。」

「我知道啦。」

我很清楚艾莉絲是什麼樣的人……應該說，我「自以為」很清楚嗎？

如果，這名老人說的話都是事實，那她並沒有打算拋棄我，我只是沒有明白這件事。仔細想想，她那麼不會講話，當然也沒辦法寫好信表達自己的心情。

於是，我們兩人擦身而過，產生了不幸嗎？

「……呼。」

老人重重吐出一口氣，然後像是突然想到什麼似的抬頭說道：

「還有，我忘記說一件重要的事了，絕對別和人神為敵。」

「你叫我別和他為敵，但是他騙了我吧？」

「是啊，但是，你絕對贏不了人神。我沒有辦法戰勝他。因為，我沒有辦法抵達人神的所在處。」

老人滿是悔恨地說道。

沒有辦法抵達人神的所在處，換句話說，那個場所果然位於這世界的某處嗎？

「當知道這點的時候，我全身顫抖。我居然連幫洛琪希和希露菲報仇都做不到。為了打倒那傢伙，我明明這麼努力，卻還是無法觸及。無論重力還是電擊我都能自在操控，那傢伙卻還是不在我觸手可及的範圍。」

這樣說完，老人伸手指向擺在桌上的墨水瓶。墨水瓶輕飄飄地浮起，很快地又輕輕落下。墨水也應聲飛濺到桌上。

「我可以在空中漂浮，也可以和遠方的對象通訊。也能讓手臂再生。不僅如此，我現在甚至能穿越時間，回到過去……不過，這個魔術失敗了。」

失敗？是什麼地方失敗了？這個男人現在明明就在這裡啊。

「你也隱隱約約感覺到了吧？這個世界的魔術是萬能的。只要注意到這點，基本上任何事情都能辦到。只是必須花費許多心血、研究和練習才行。」

老人一邊這樣說著，一邊舉起左手。

與他驕傲的動作相反，老人的臉色原本就面無血色，現在更是一臉蒼白。

眼睛下面形成了濃濃黑眼圈，嘴唇也染上藍色。

「但是，這股力量，也已經沒有任何意義。太遲了啊。當我變強的時候，想要守護的人已經一個也不在了。」

老人的目光依舊銳利，然而瞳孔已然無神。

他的呼吸也逐漸急促、微弱了起來。

「聽好了，我再說一次。我憎恨人神。但是，我無法戰勝那傢伙。沒有戰勝他的方法。因為，我沒有辦法抵達那傢伙的所在之處。在我生存的時代，沒有能夠抵達人神所在處的必要之物。所以，別和那傢伙戰鬥。儘管我不清楚那傢伙的目的為何，但就算得討好那傢伙也沒關係，千萬別和他為敵。因為，你只會被玩弄在股掌之間。那樣一來，就只能趁現在，還沒有任何人死去的這個時候……」

老人的手突然失去力量垂了下來。他抬起下巴，將視線投向天花板。

「你必須要做的事情，有三件。和七星商量、寫信寄給艾莉絲、懷疑人神，但不要和他為敵。以上。」

「……」

我沒能做出回應。

就算突然對我說這些事，我也不知道該說什麼才好。

但是，唯獨老人拚命地想將某些事情傳達給我這件事，我明確地感受到了。

「有……有沒有更具體一點的建議？」

「建議啊。哈！真令人懷念。這樣說來，這時的我確實挺散漫的……算了，當然，對我來說，也希望能夠更加詳細，把許多事情好好教給你……但是時間到了。」

「你從剛才開始就說沒時間、時間到了什麼的，到底是什麼意思？難道是深夜動畫要開播了嗎？」

「不……要結束了。是說，你別太常依賴別人啊。剛來到這個世界的時候，你應該不是像這樣只會依賴別人吧……」

老人用宛如看著孫子的眼神看著我。被他這麼一說，感覺最近我的確一直在仰賴他人。

「況且，我像這樣來到這裡，歷史應該已經改變。現在，無論我說什麼，都不一定會成真。而且，既然過去轉移以這種形式實現，那麼我所走過的歷史，也無法有任何改變……」

在下一瞬間。

老人的眼神搖晃，失去了焦點。兩手無力垂下，抬起下巴，痛苦地低吟：

「嗚……你……會和我，走上……不同的人生吧。會像至今一樣，既然有成功，那也會有失敗……既會反省……也會後悔。」

老人身體一動，從椅子上滑落。

「喂，不要緊吧？」

我慌忙跑上前將他抱起……不禁打了個冷顫。

老人的身體與他結實的外表相較之下，輕得令人難以置信。或許還不到四十公斤。怎麼回事？到底為什麼？

「不要因為……我來自未來，就認為……失敗可以彌補。這個魔術失敗了…………人生，沒有辦法，重頭來過。」

老人徬徨著空虛的視線，把顫抖的手收進長袍裡。

「因為我以日記為起點，飛躍回來……所以就帶回來了…………上面寫著，我經歷過的一切……你就……努力讓自己不要後悔吧……不要像，被那種傢伙嘲笑的……我一樣……」

老人銳利的目光之中打轉著淚水，從起毛的長袍之中，取出了一本宛如厚重文件夾的書。儘管看起來相當老舊，但是我有印象。這是我剛剛才做好的日記簿。然而在我收下之前，日記簿就從老人手中滑落，應聲落地。

但是這件事並沒有奪走我的視線。

老人拿出日記簿的時候，我稍微瞄了一眼他的長袍內側。裡面不知為何凹了一塊。

簡直就像衣服底下沒有任何東西似的……

「怎麼回事？你的……那副身體……」

「哈！因為，沒有完成啊……我的過去轉移，無法把身體，全部都帶過來……」

「咦？可是，你剛才說……可以讓手臂再生……」

「因為，我已經沒有魔力了。抱歉啊……至少，要是克里夫還活著，過去轉移肯定能，更加地……還可以在這裡，告訴你……更多情報……」

「……對不起，已經夠了，別再說了。」

「……你……後悔……讓人神，稱心如意……為什麼會在這種地方……該說的事情都已經……既然來到了過去，起碼，就算一眼也好……」

老人的眼睛已經沒有注視任何地方。

他的話語已經失去意義，只是不斷說出曖昧的詞彙。眼睛下面不知不覺也已染上重重的黑色，臉上呈現出死相。一副臨死前……不對，一副死人的臉色。

「啊……」

但是，那雙眼睛突然對上了焦點。

他越過我的肩膀，注視著我身後的某種物體。朝著那個方向伸出不斷顫抖的手。

「啊啊，希露菲、洛琪希……可惡，還是那麼可愛，啊……」

老人的眼睛流下了一滴眼淚——失去了光彩。

他的身體失去力量，腦袋縱然垂下。

……他死了。

我轉頭一看。門並沒有打開。因為發出了滿大的聲響，我還想說是不是把誰吵醒了……

老人在臨死之前，可能看到了某種幻覺吧。

當我這樣想著，聽到從二樓傳來某人匆忙下樓的腳步聲。

「！」

我慌張地跑出房外。

於是，和拿著法杖和蠟燭從二樓下來的希露菲還有洛琪希撞個正著。

「魯迪，我剛才聽到講話還有撞擊的聲音，有人來了嗎？」

「是小偷嗎？」

兩個人看到我之後發出安心的聲音，同時保持警戒。

我應該把老人的話告訴她們兩個嗎？

……………不。

「沒有，抱歉。是我稍微睡迷糊了。我作了奇怪的夢，不小心就用了魔術。好像把妳們吵醒了呢，對不起。」

「睡迷糊用了魔術……我有聽到類似吼叫的聲音耶，不要緊嗎？呃，要是難受的話，要不要一起睡？你看，奶奶不是也說過嗎？如果要忘記痛苦的事情，別人的肌膚是最棒的……」

「不用，沒關係，這樣感覺會讓我想做色情的事。希露菲的身體也還沒有完全恢復吧？」

當我拒絕希露菲頗具魅力的提案，洛琪希面有難色地說道：

「如果你無論如何都覺得難受，那我也沒關係。啊，但是最近有些事情讓我很在意，可以

的話希望你摸一摸就好……」

「不，今天就不用了。」

聽到洛琪希這麼說，讓我想起老人說的話。

老人說洛琪希已經懷孕了。洛琪希說「有在意的事情」，就是指這件事吧。

「……我真的不要緊，妳們倆都回房間吧。我收拾一下房間之後也要去睡了。」

「既然魯迪這麼說，那就這樣吧……但是如果你有狀況的話，一定要說喔。」

「我們畢竟是夫妻，請不要客氣。那麼，晚安了。」

希露菲和洛琪希擔心地這樣說完，走上了二樓。

目送她們上樓之後，我再次轉向研究室。總之，得先想辦法確認老人的話是否屬實。

我不是很清楚老人究竟是誰。他真的是來自未來的我嗎？或者說是其他生物？

他冒著一死的危險也要來這裡，這樣的行動具有可信度，但這件事實在過於唐突，確實讓人難以置信。

「……」

但是我有理由。

我不想失去那兩個人。

然後，我也不希望像老人那樣帶著悔恨死去。

之後，我叫她們兩人回到寢室，嚴命兩人今晚絕對不能踏出房外。

我用土魔術從外側封鎖了二樓所有家人的房間周遭，並確認一樓所有房間的周遭沒有任何人。接著我回到研究室，脫下老人身上的所有衣物。

「……！」

他的身體沒有腹部。

肋骨以下的部分開了個大洞，只看得到骨頭和皮膚。

裡面幾乎沒有內臟。

但是，除了腹部以外，體格非常精壯。讓人無法想像是六十好幾的人會有的肌肉，全身上下都留著身經百戰的痕跡。

胸口有經過宛如熔接過後的傷痕，痔的位置和我分毫不差。

身體看來和我別無二致。要說不同之處，頂多只有左手。

他說是自己再生的……表示他的治癒魔術也具有相當水準。

老人除了日記簿以外，沒有特別攜帶什麼。

既沒有裝飾品也沒有法杖。長袍底下就只有襯衫、褲子以及內褲。

長袍的懷裡以及褲子的口袋都沒放任何東西。

如果是我，要是希露菲和洛琪希死去，至少會隨身攜帶她們的遺物才是……

但是既然都過了五十年，或許是因為陰錯陽差而遺失了吧。

我將那些整理在房間的角落，用放在旁邊的毛毯將老人包起。然後抱起老人的屍體，走向位於廚房的後門。

「……」

廚房裡還擺著盛著昨晚吃剩料理的盤子。老鼠就是吃了這個吧。既然這樣，那還是趁早處分掉吧。

我從後院走出屋外，來到了附近的一處空地。在那裡挖了一個洞，將老人的屍體放進裡面並點火。魔術的火焰轉眼間就把老人燒焦，化為白骨。

周圍瀰漫起人肉燒焦的異臭。是自己屍體的臭味。

「嗚……」

想到這，我胃裡突然一陣翻騰，在空地的角落吐了出來。

燃燒屍體後，我用魔術作出壺器，放進老人的骨灰。這個骨灰就埋在和保羅同樣的場所吧。

如果老人真的是我，這樣肯定最能讓他開心。

收完骨灰後，我將洞穴埋好回到家裡。從後門走進屋內，一直線走向研究室。

我將骨灰罈放到他的遺物旁邊，拿起自己的法杖。

接下來的目的地是地下室。我已經發動魔眼。

老人要我別去。一旦老鼠跑出來偷吃剩飯，會讓洛琪希體內的胎兒感染老鼠帶有的疾病。

所以，我必須確認老鼠是否真的存在。不這樣做的話，我就無法信任那名老人。更何況要是真的存在，我也不能置之不理。

「……」

通往地下室的樓梯一片昏暗。我從懷裡取出光之精靈的卷軸，照亮四周。

我走下樓梯，進行一次深呼吸，接著把手放在門上。

「……嗯？」

於是，在樓梯一角積了一層薄薄的塵埃，我在那發現了令人在意的痕跡。是腳印。那是老鼠的腳印。甚至還有尾巴的痕跡。那道腳印一直連接到地下室，沒有從裡面離開。

我……沒有打開通往地下室的門。

我在房門中央附近，用魔術開了一個拳頭大的洞，將法杖插進裡面。

我就這樣把魔力灌進法杖。

想像的是冰，範圍要涵蓋整個房間。儘管地下室還放著魔力附屬品以及愛夏用在家庭菜園的肥料云云，但是不須顧忌。

「……冰霜新星。」

我喃喃說道，房間一轉眼便遭到凍結。

為了以防萬一，再來一發。

「冰霜……新星。」

冷氣完全蔓延到房間的每個角落。我命令光之精靈從洞口入侵照亮房間，再窺探洞口，確認房間裡面已經完全凍結。

接著打開房門。當我打開結凍的那扇門進入房間，立刻將門關上。

「……」

馬上就找到老鼠了。

牠在通往神龕的隱藏通道附近，已經被凍成一片純白死去。從牠半開的嘴巴，可以看到紫色透明的牙齒。那牙齒宛如魔石。我仔細搜尋房間的每個角落，確認是否有第二隻老鼠。

確認沒有第二隻存在後，我用土魔術作出箱子，用棒子夾起老鼠的屍體放進那裡面，再將其完全封死。

這個屍體還是燒掉比較妥當吧？

或者說，要交給魔術公會讓他們進行研究比較恰當？

我選擇後者。

只要綜合老人提及的魔石病情報一起報告上去，就可以確認這件事是否屬實。

不過基本上，從凍死的屍體上是否能取得病原菌就不得而知了。

我離開地下室，把門上鎖。再把開了洞的部分封住。魔石病的細菌好像不會經過空氣傳染，傳染力也很微弱，但會發生什麼事誰也說不準。暫時先把這間地下室的門弄成無法開啟吧。

我回到了研究室。精神抖擻，絲毫沒有睡意。

首先，我該做什麼？我現在能做什麼？應該要先閱讀老人這本破舊的日記簿嗎？只要看了內容，說不定可以得知今後會發生什麼。但是，老人也說過歷史已經改變。以某款遊戲的風格來說，這裡是別的世界線，是因為來自未來的我而產生變化的世界。

就算讀這本日記事先預習，未來也很有可能不按照內容發展。

突然，我看見墨水瓶和桌子上的黑色斑點。

那是老人用灌注魔力的拳頭砸出的痕跡。

看到那個，讓我想起老人說的「三件必須要做的事情」。

其中有一件事情現在就能完成。

我在椅子上就座，將紙張拉到手邊握起筆。

「……」

首先，我決定寫信給艾莉絲。

她是我第一次的對象，是我曾喜歡過的對象，而且也是突然從我面前消失的對象。對她抱著複雜感情的對象。

我一邊想著該寫什麼才好，一邊動筆寫下。

閒話「新任劍王的誕生」

劍之聖地，當座之間。

此處有三名劍聖單膝跪地。

妮娜．法利昂。

吉諾．布里茲。

艾莉絲．格雷拉特。

在他們眼前之人，是加爾．法利昂。劍神擺出氣定神閒的站姿，將手靠在腰間的劍上睥睨著三人，緩緩開口說道：

「你們的劍技，已經超出了劍聖的領域。」

聽到這句話，吉諾的肩膀微微一顫。

「老子想說，也差不多該決定自基列奴之後的第一位劍王。」

吉諾瞪大雙眼，用力握拳並不停顫抖。一股無法言喻的感情支配著全身。他只能努力壓抑這股想要跳起來大叫的心情。儘管這股感情的真實身分他還不得而知，然而他很清楚，這並非邪惡的情感。

可是，劍神繼續把話說下去。

「在那之前，要問你們一個問題。」

「……」

「你們幾個，知道劍聖、劍王和劍帝的差別在哪嗎？」

「……是實力嗎？」

喃喃應答的人是妮娜。

那種東西，除了實力以外還會有其他答案嗎？所有人的眼睛都這樣述說。

然而，他們同時也理解到劍神想問的是更進一步，也就是那股實力的泉源來自何處。

劍神沒有回答妮娜，反而直接回問：

「妮娜啊。在習得『光之太刀』前，妳師傅對妳說了什麼？」

妮娜的師傅並非劍神加爾．法利昂。

直接教導她劍術的人是吉諾的父親，劍帝堤摩西．布里茲。

妮娜回想起師傅的教導，絞盡腦汁擠出句子。

「他說：『因為妳是右撇子，所以鍛鍊左手吧』，他叮嚀我直到能用一隻左手完美地運用劍術以前，不能使用光之太刀。」

「沒錯。比起慣用手，在施展『光之太刀』時另一隻手更重要。妳知道這是為什麼嗎？」

「因為要是在慣用手使力，劍尖就會往旁邊偏差。」

「沒錯。灌注所有的鬥氣在一點，筆直地砍下。儘管單純，但這就是『光之太刀』的奧妙所在。」

所謂劍術，就是指用來斬殺會動的對手的招式。

就算耿直地從正面砍過去，也只會輕易遭到迴避。因此才要從下方，橫向，甚至是斜角，劍士為了要斬殺對手，必須下足工夫，以形形色色的方式釋放斬擊。

然而，初代劍神不同。

他不需要那種技巧。只是以最速揮劍，將所有事物一刀兩斷。

「這個奧妙之中，累積了劍神流的歷史。」

劍神用指甲「叩」的一聲敲了劍柄。

「初代大人再自然不過的舉動，由歷代劍神一點一滴地釐清，總算抵達的終點，就是如今的劍神流。解釋『光之太刀』的奧妙、原理以及練習方法。走到這一步之後就簡單了。只要有點才能的傢伙，任誰都會使用這招。從此，就開始了劍神流被稱為最強的時代。我們多虧初代大人，以及解析了初代大人技巧的歷代劍神，才得以對其他流派高高在上。」

「叩」的一聲，劍神又再次用手指敲打劍柄。

「『光之太刀』是劍神流最卓越的招式，以其他流派來說的話就是『奧義』。但是，明明都習得了這個奧妙，卻會分出優劣。劍聖、劍王、劍帝還有劍神……說來也真奇怪。明明做的事情相同，卻還是分得出強弱啊。」

此時，劍神把臉轉向吉諾。

「你認為其中的不同是什麼？吉諾，你答答看。」

被劍神指名，吉諾抬起頭來。然而他的臉上卻滿是不安。

他不知道問題的答案。但是，必須快點回答的焦躁感促使他開口回答：

「合……合理思考的話，除了技巧以外，還有步伐的靈巧和筋力，再不然……就……就是武器的優劣，是嗎？」

「武器？你啊，都修行幾年了！是不是從初級開始重新鍛鍊比較好啊？」

「非……非常抱歉！」

劍神的怒吼，讓吉諾鐵青著一張臉沉下頭。

吉諾想要回答的是「才能」。

然而，劍神並不期望得到這個答案，這點吉諾也自知甚深。

不應該是用這麼簡單的一句話就能釐出結論。畢竟，現在正在討論有關才能的內涵。要是說出這種話，可能真的會被當場逐出此地。

「你還是個小鬼所以才不懂吧。算了也罷。就算不懂，強的傢伙還是強。好，那麼，妮娜，妳來回答。」

「…………」

被劍神詢問，妮娜陷入深思。他現在問的，恐怕是指劍神、劍帝以及劍王，自己三人和上

面的人差距在哪。

他們有的，而自己不足的地方……

話說起來，劍神和劍帝所有人都有伴侶。說到自己想要的事物……男朋友？丈夫？

妮娜偷瞄了吉諾一眼。

他低著頭，表情看來著實懊悔。最近這陣子，妮娜對比自己年輕的他十分在意……此時，她想到劍神經常提到的詞彙。

「……是『欲望』嗎？」

「哈！妳最近也好像有些性致了嘛。真不愧是老子的女兒。」

劍神宛如看透妮娜內心深處的想法笑了出來。

妮娜不為所動。因為她持續訓練自己不會產生動搖。

「說『欲望』，這樣講也沒錯。不過，妳的欲望能堅持到什麼程度？」

「您說堅持，是嗎……？」

「舉例來說，要是老子說要妳從和吉諾結婚或是成為劍王兩者之間抉擇，妳會選哪邊？」

說到結婚這兩個字，吉諾和妮娜四目相接。

妮娜的臉頰微微泛紅。

「……我會選擇劍王。」

要是和吉諾結婚或是當上劍王，自己會選擇劍王。

換句話說，自己的欲望不過就是這種程度。

妮娜這才注意到自己講錯話。

「妳依然那麼天真啊。」

用鼻子對低頭的妮娜哼笑一聲之後，劍神轉向艾莉絲。

「那艾莉絲，妳又如何？」

「是覺悟。」

艾莉絲立即回答。沒有經過任何思考，馬上回答。

「『覺悟』？那可不對啊。」

劍神笑著否定她的回答。

然而，艾莉絲卻回瞪劍神，再次回答。

「沒有錯。是『覺悟』。」

這個時候，過往的光景歷歷在目地浮現在艾莉絲的腦海。

遭到奧爾斯帝德貫穿胸膛的魯迪烏斯。悲嘆無力的自己，倒落在地的魯迪烏斯。

自己已經比當時更強。

無論力量還是速度，與幾年前相比都是截然不同。

然而，還是無法勝過奧爾斯帝德。這幾年的修行中，艾莉絲也認清了自己的極限。

她領悟到自己今後不管再怎麼修行，恐怕都無法觸及奧爾斯帝德的領域。在真正的含意

上，領悟到自己的極限。

然而，如果是和魯迪烏斯一起的話。和他並肩作戰，就能與奧爾斯帝德抗衡。

魔術師（他），還有劍士（我），兩個人一起的話，就能戰勝。

就算我死，只要能牽制奧爾斯帝德的行動，魯迪烏斯就能得手。

只要魯迪烏斯打贏，就是艾莉絲打贏。

當然，雖然自己會死，但魯迪烏斯會活下來。

這樣一來，就會失去和魯迪烏斯一起活下去的未來。

但是，那樣也沒關係。一旦考慮到未來就會裹足不前。要是裹足不前，劍就會變鈍。一旦劍變鈍，不管是自己還是魯迪烏斯，兩個人都會死。

那麼，死的就是自己。

艾莉絲已做好覺悟。

「那妳就算不當上劍王也行嗎？」

「那種事根本無關緊要。」

「妳不是想要變強嗎？」

「對。我想變強。但是稱號什麼的根本沒有必要吧？」

劍神開心地喃喃說道：

「好，艾莉絲還有妮娜。妳們之中戰勝的人，就是劍王！」

聽到這句話，最年輕的吉諾靜靜地垂下肩膀。

艾莉絲和妮娜，兩人面對面站著。

「……」

彼此手上握的是木劍。

但是，如果是劍聖級別發出的招式，木劍也會化為輕鬆奪去對方性命的凶器。

「讓人想起第一次來到這裡的事呢。」

「是啊。」

浮現在兩人腦海的，是幾年前，艾莉絲被基列奴帶過來那時的事情。

宛如魔獸的這個女人，在妮娜心中種下了屈辱。

在其他劍聖以及吉諾的注視下，難看地失禁。

現在回想起來，也會讓自己想掩面在地上打滾。

但是，她並不憎恨艾莉絲。

拜她所賜，才能讓自己變強。捨棄了傲慢的心態，一股腦地鑽研在修行之中。這樣一想，當時的屈辱也成為了自己的養分，她現在可以抱著信心如此回答。

「今天，是我會贏。」

妮娜這樣宣言的那瞬間，艾莉絲便釋放出驚人的殺氣。

然而，妮娜卻毫不畏縮。

她掛上彷彿徹底頓悟的修行僧那般清澈的表情，凝視著艾莉絲。

「……………哼。」

在下一瞬間，艾莉絲的殺氣頓時消失。

然後，艾莉絲換上了和妮娜相對照的表情。

那是笑容。

是賊笑，一種噁心的笑容掛在艾莉絲臉上。

那是一種會讓人打從心底發寒的笑容，宛如野獸的笑容。

妮娜對這個笑容打從本能感到恐懼。在和水王伊佐露緹鍛鍊時，也和艾莉絲有數次交手，然後遭到敗北。

當然也有勝利的時候，但是敗北的記憶，卻莫名地殘留在腦海。

當時，艾莉絲也掛著那種笑容。

「……」

艾莉絲不動。臉上依然掛著野獸的笑容，靜止不動。對經常試圖取得先機的她來說，這種舉動非常罕見。

妮娜的腦海裡，浮現了反擊兩字。和伊佐露緹戰鬥時也吃了好幾次的那招反擊。儘管艾莉絲不會使用水神流的招數，但是北神流也具有反擊技術。

艾莉絲恐怕是打算使出那招。

「…………」

現場鴉雀無聲。擺出中段架勢的艾莉絲，以及擺出上段架勢的妮娜。

兩人間隔出一步一刀的距離，靜止不動。

面無表情的妮娜，掛著笑容的艾莉絲。兩人宛如詭異的美術品，只是持續瞪視對方。

靜止，那對以先下手為強為宗旨的劍神流劍士之間的對決來說，相當罕見。

此時，眼見兩人一動也不動，有人嘆了一口氣，正是劍神。

「妳們要相親到什麼時候？」

這句話成為契機。

先動手的人是妮娜。

她銳利地向前踏出一步。那是她重複過好幾十萬次的劍神流動作。

站在極為合理位置的那雙腳，將爆發性的能量傳給上半身。從妮娜身體發出的鬥氣與那股能量融合，傳至手臂並乘著劍擊出。

「光之太刀」。

以壓倒性的劍速自豪的劍，以上段架勢夾帶勢如破竹之勢揮下。

這是完美的一擊。任誰都看了都會心醉神迷，可謂完美的「光之太刀」。

然而——

「嘎啊！」

妮娜的腹部遭到強烈衝擊，被擊飛到後方。

她撞上道場的牆壁，慢慢地跌坐到地面。

道服被衝擊綻開，看得見她久經鍛鍊的腹部。肚子上緩緩地浮現出紅色的腫脹。當妮娜感到一股宛如焚燒的痛楚時，劍神如此宣言：

「勝負已分！」

妮娜愣著一張臉望向艾莉絲。這才發現她的額頭汗如雨下。

儘管道服的肩膀部分有些微破損，但也僅此而已。那張臉已經不再掛著笑容。

然而，她站立的模樣表現出勝者該有的姿態。

「……唔！」

妮娜清楚自己被做了什麼。

當妮娜一動，艾莉絲也幾乎同時向前踏出一步。然後對著擺出上段架勢的妮娜，沉沉壓低身子，使出橫劈的「光之太刀」。

但是不解的是，這樣一來自己的劍招應該會率先命中對方。

先動的人是妮娜，和艾莉絲相較之下，劍術也是妮娜稍快一些，而且，她用的是最能夠提高劍速的上段揮砍。

那麼不過是稍微沉下頭，照理來說自己的劍應該會比艾莉絲更快砍中對手。

明明如此，到頭來卻甚至沒有兩敗俱傷。

為什麼自己倒下，艾莉絲卻依然站著？

「要把人打倒，不需花費必要以上的力量。」

艾莉絲靜靜地說道，但是妮娜沒能理解這句話的含意。

艾莉絲使用的，是北神流的技巧。

「光之太刀」原本應該是會徹底封殺所有對手的劍招。

然而艾莉絲卻將威力分配到速度，將斬擊的威力壓低在只須打倒對手，但是相對地能更快驅使劍勢。

這並非單純仰賴肌肉的動作，而是要藉由分配鬥氣才能使其成真。

這是她和北帝進行鍛鍊後學到的技術。

當然，這樣所產生的速度不過九牛一毛。

與大幅扼殺的威力相較之下，可說是完全划不來的微弱速度。

但是，這些微的速度卻蓋過了一根頭髮的差距，決定了勝負。

「精彩，艾莉絲。老子就授予妳劍王的稱號吧。」

妮娜緩緩挺起身子。

腹部有股沉沉的悶痛，臉部也扭曲起來。

（完全被她擺了一道。）

正因比試用的是木劍，所以只是被打飛出去就能了事，如果使用的是真劍，想必妮娜已經肚破腸流。

以能將對手連同背脊一刀兩斷的光之太刀來說，只是肚破腸流並不是什麼了不起的威力，但足以致人於死。相對的，艾莉絲卻把威力壓抑到只會切開肩頭，就算說是因此才分出勝負也不為過。

完全敗北。

妮娜吐了一口氣，當場坐下後伸展了背。

在任何方面都輸了。搶先動手，然後卻輸了。輸了。輸了、輸了、輸了。

妮娜的胸口深處湧起了一股沉重又痛苦的思緒。

「不甘心嗎，妮娜？」

「是。」

妮娜的眼睛已滴下斗大淚珠。

「妳還有成長的空間。繼續精進吧。」

「是，爸爸。」

妮娜在這一天，不是以師傅，而是久違地以父親的稱呼叫了自己的爸爸。

「……」

劍神靜靜地等待妮娜停止哭泣。

艾莉絲也噘起嘴巴，兩手環臂等著她。

看到妮娜停止哭泣，劍神對艾莉絲這樣說道。

「艾莉絲。儘管老子授予妳劍王的稱號，但已經沒有任何事可以教妳。也授予妳免許皆傳吧。」

免許皆傳。聽到這句話後，妮娜和吉諾兩人面面相覷。那是兩名劍帝，以及劍王基列奴也沒能獲得的稱號。免許皆傳這稱號，就是如此有分量。

「雖說老子也想順便授予妳劍帝的稱號……但是，到時候就得讓妳和基列奴一戰。如果妳想一步登天自稱劍神，那就得殺了老子。」

妳想怎麼做？劍神作勢將手放在自己的刀上，艾莉絲搖頭以對。

「劍神什麼的，根本不重要。」

「我想也是……那麼，妳今後有什麼打算？」

「我想先回家人身邊一趟。」

看到艾莉絲率直的眼神，劍神感到一陣炫目。

劍神在她身上，感受到自己不知曾幾何時失去的情感。

過於正直變強的態度，再加上從不迷失自己的目的。如果是艾莉絲的話，是不是有可能打

倒那個無敵的奧爾斯帝德？劍神甚至起了這個預感。

「過來，艾莉絲，老子要把劍王的證明，七支劍中的一把授予妳。」

「……是。」

艾莉絲・格雷拉特的漫長修行，在這一天劃上句點。

艾莉絲和劍神離開房間，劍王稱號授予典禮結束。

留下來的兩人，是妮娜和吉諾。

「……」

「……」

兩人默默坐了好一陣子。在兩人心裡，有的是懊悔，以及羨慕。

然而，他們絕對不會親口說出，也不會表現在臉上。

「……」

兩人幾乎同時起身，並肩走著，將並排在當座之間角落的木劍拿在手上。

過了一陣子，從當座之間傳來了叩咚作響的木刀互擊聲。

只要是在劍之聖地，任何地方都能聽見的那個聲音，一直響徹整個道場，不絕於耳。

無職轉生
到了異世界
就拿出真本事

圖書迷宮

作者：十字 靜　插畫：しらび

取得撰寫一切真相的書籍，奪回失去的記憶吧！
第十屆MF文庫J輕小說新人賞的問題作品在此問世——

你必須回想起來。必須找出隱藏在心理創傷深處的殺父仇人，必須與身為吸血鬼真祖的少女——阿爾緹莉亞一起行動。然而，你有一項極大的障礙——你的記憶只能維持八小時。請你奮力掙扎，為了身為一名人類。為了找回所有記憶——

NT$320/HK$98

八男？別鬧了！ 1~12 待續

作者：Y.A　插畫：藤ちょこ

隧道開通原是促進繁榮的好事
卻因管理問題引來軒然大波!?

貫穿利庫大山脈的縱貫隧道出口是經濟狀況非常拮据的奧伊倫貝爾格騎士領地，共同管理隧道對領主家來說是個沉重的負擔。威爾、布雷希洛德藩侯家與王國三者打算共同負責管理和營運的方向發展。然而領主的女兒卡琪雅突然現身並打亂了一切……

各 **NT$180~220/HK$55~68**

國家圖書館出版品預行編目資料

無職轉生：到了異世界就拿出真本事 / 理不尽な孫の手作；羅尉揚譯. -- 初版. -- 臺北市：臺灣角川, 2019.04-
冊； 公分
譯自：無職転生：異世界行ったら本気だす
ISBN 978-957-564-849-7(第14冊：平裝)

861.57 108001917

Kadokawa
Fantastic
Novels

無職轉生～到了異世界就拿出真本事～ 14

（原著名：無職転生～異世界行ったら本気だす～ 14）

2019年4月24日　初版第1刷發行
2024年4月2日　初版第9刷發行

作　者：理不尽な孫の手
插　畫：シロタカ
譯　者：陳柏伸

發 行 人：台灣角川股份有限公司
總　監：呂慧君
總 編 輯：朱哲成
設計指導：陳晞叡
印　務：李明修（主任）、張加恩（主任）、張凱棋

發 行 所：台灣角川股份有限公司
地　址：104台北市中山區松江路223號3樓
電　話：（02）2515-3000
傳　真：（02）2515-0033
網　址：www.kadokawa.com.tw
劃撥帳戶：台灣角川股份有限公司
劃撥帳號：19487412
法律顧問：有澤法律事務所
製　版：巨茂科技印刷有限公司
ISBN：978-957-564-849-7

無職轉生

Kadokawa Fantastic Novels